U0088974

古典文獻研究輯刊

六　編

曾　永　義　主編

第 **14** 冊

蘇軾奏議書牘研究

徐　月　芳　著

國家圖書館出版品預行編目資料

蘇軾奏議書牘研究／徐月芳 著 ── 初版 ── 新北市：花木蘭文
化出版社，2012〔民 101〕
序 4+ 目 2+144 面；19×26 公分
（古典文學研究輯刊 六編：第 14 冊）
ISBN：978-986-254-958-2（精裝）
1.（宋）蘇軾 2.中國政治思想 3.奏議 4.書牘
820.8 101014846

古典文學研究輯刊
六 編 第十四冊 ISBN：978-986-254-958-2

蘇軾奏議書牘研究

作 者	徐月芳	
主 編	曾永義	
總 編 輯	杜潔祥	
出 版	花木蘭文化出版社	
發 行 所	花木蘭文化出版社	
發 行 人	高小娟	
聯絡地址	新北市永和區中正路五九五號七樓	
	電話：02-2923-1455／傳眞：02-2923-1452	
網 址	http://www.huamulan.tw 信箱 sut81518@gmail.com	
印 刷	普羅文化出版廣告事業	
初 版	2012 年 9 月	
定 價	六編 18 冊（精裝）新台幣 30,000 元	

版權所有・請勿翻印

蘇軾奏議書牘研究

徐月芳　著

作者簡介

徐月芳,文化大學中國文學博士,現任台北海洋技術學院副教授。
研究領域涵蓋:中國古典文學、中國現代文學、臺灣文學。
著作:

中國古典文學:〈王維〈輞川集〉中的儒、道、釋色彩〉、〈《石頭記》脂評本蘇州方言詞彙綜探〉、〈盛唐飲酒詩中的儒懷、道影、佛心〉、〈《三言・警世通言・蘇知縣羅衫再合》初探〉;中國現代文學:〈魯迅〈故鄉〉的寫作技巧探析〉;臺灣文學:〈賴和小說發出時代「吶喊」〉。

提　　要

蘇軾一生仕途坎坷,但其出眾的文學造詣和創作才華,不但締造了北宋文學的高峰,也深遠地影響著後世。他的奏議、書牘處處坦率流露,無不直指真性。其學術思想,入仕時以儒學思想為主,以為憑藉誦說古今、評論是非,坦率真情就能輔佐政事。不料,因直言極諫惹來災禍,被貶謫時,頓悟「人生似幻化,終當歸空無」,使文內浸染著一層佛學及老、莊思想。雖然如此,但其風骨仍然傲立不屈,在蠻荒生活中仍能盡力撙節,自強不息。如宋・神宗元豐三年(1080)十月〈答秦太虛〉,元豐四年三月〈與王定國〉,元豐六年二月〈與子安兄〉等書牘中,都可看到蘇軾在逆境中安適自得,自力耕食的真實畫面。

蘇軾在朝時的政績斐然,可從他的奏議中看到力排王安石新制的一面。神宗時,蘇軾慷慨陳言。如宋・神宗熙寧四年(1071)〈上神宗皇帝書〉、〈再上神宗皇帝書〉,極論創制置三司條例之不當,造端宏大,民實驚疑創法新奇,吏皆惶惑。言農田、免役、青苗、均輸諸新法不便民處。〈上韓丞相論災傷手實書〉極言天災人禍之慘重,請袪除新法、罷榷鹽。〈上文侍中論榷鹽書〉應行仁政,〈上文侍中論強盜賞錢書〉直陳應善理盜賊,以紓民困,都是他政見之精髓。

他博古通今,說理透徹鏗鏘有力,斟酌古代的經驗教訓,駕馭今日的實況,誠實的進盡忠言,有積極救世的思想,其上奏君王「有為而作」的奏議,為鞏固君主政權之重文抑武政策,借科舉考試合格之文人以領導社會的見識,奠定了士大夫普受社會重視的地位。

蘇軾重視教育,熱心育才致用,認為「無吏」是宋積弱的原因之一,他於《策略・開功名之門》、《策別・厲法禁》、《策別・專任吏》、《策別・無責難》、《策別・無沮善》中屢言用人。故於〈上神宗皇帝書〉云:「自古用人,必須歷試。…… 大抵名器爵祿,人所奔趨,必使積勞而後遷,以明持久而難得。則人各安其分,不敢躁求。」蘇軾關心國政尤以用人為最。

蘇軾的奏議、書牘,包羅萬象,由個人治學、修身養性,以至為國治民、勉弟、諭子孫、告親友,以及世道人心、朝政吏治、仕務軍情,無所不涉。其豁達灑脫、才情奔放、忠肝義膽、氣節凜然之事跡都躍然於紙上。其以儒學經世濟民的思想修身,以佛老達觀處世的態度,將佛、道的思想做了極圓滿的融合,醞釀出經世致用的積極入世儒學思想,不愧為唐、宋八大家中最受推崇的文豪之一。

序

　　巴山蜀水，雲深景美之鄉；煙雨巫峰，天闊林幽之境。鍾靈毓秀，逸趣
饒奇，物阜民豐，地靈人傑。蘇軾出生天府，籍隸眉州，幼承家訓，早接趨
庭。長入仕途，甫從宦歷，則以反對荊公，糾彈新法，屢陳長治之策，每罹
三致之讒，黜陟升沉，流離顛沛，雖宦途多蹇，而著作殷豐。或述易談書，
或說禪論道，並及養生科技，飲食醫方，有感則書，無體不備。於詞則展拓
題材，創新意境，革婉約爲雄奇，使花間爲皀隸，遂乃風華變改，豪放騰聲。
又況畫藝詩書，號稱三絕，風流儒雅，誰與爲先。所以一代宗工，仰詞壇之
巨擘；鴻篇大著，垂後學之楷模。然所貴不在「極筆煙雲，勞心草木」，重在
文能載道，語協經論。顧其美意嘉猷，咸載上陳奏議；宏觀達論，猶存贈答
之書。所以簡扎往來，呈文上達，足以研稽政見，探究心聲。揭露危機，慨
金繒之輸虜；力陳改革，謀善法以安良。仰陸贄以自期，效賈誼以論政。豐
財擇吏，留《應詔》之篇章；理政親民，見諸州之治策。若論交游，並及時
賢方外；以言師友，人稱四士六君。是用整理爬羅，探微思辨，則蘇軾之思
想精神，藝文風節，自益彰顯。月芳女史課暇公餘，究心是道，年增月累，
寖以成篇。撰爲《蘇軾奏議書牘研究》凡十餘萬言，以爲碩士論文。余忝充
指導，乏示津梁，徒置虛名，究無裨助。及讀其文，則見引徵詳確，取資宏
富，條分縷析，繫目披綱。況乃儉學勤工，彌足嘉許。今月芳擬交付梓人，
質諸前輩。竊以啼聲初試，高評寄盼方家；取益求精，祝望期於作者。

中華民國九十一年五月　三水李德超序於臺北旅次

自 序

　　蘇軾是我國文學史上的巨擘，他的二千七百多首詩、三百多首詞及卷帙浩瀚的散文中，篇篇都具有創作性，堪稱北宋文學的高峰，對後世影響極為深遠，《宋史・本傳》總評他的文學成就云：「渾涵光茫，雄視百代。」

　　蘇軾一生仕途九遷，懷有「尊主澤民」、「經世濟時」憂道不憂貧的儒學抱負，因外放而嚮往自然清靜的境界；認為「人生似幻化，終當歸空無。」在他的詩、詞作品中含蓄內斂，留給讀者想像空間，但他的奏議、書牘卻直指真性，坦率流露，令人敬佩懾服，引發筆者對此議題的研究興趣與動機。

　　本論文得以順利完成，首先感謝恩師李德超先生的悉心指導與教誨，及席涵靜先生和區靜飛先生惠賜許多寶貴的意見，使我獲益良多，謹此致上最衷懇的謝意。

　　此外，承蒙諸多師長及親友惠示卓見，尤其黃美惠同學，為我費心蒐集臺北故宮博物院收藏的蘇軾奏議、書牘墨寶，始克完成，於此一併誌謝；再者謝謝家人，在我撰寫論文期間所給予的種種關切和支助。

目次

第一章　緒　論

第一節　研究動機與目的

　　蘇軾以詩、詞、賦爲文，用奏議、書牘作爲施展抱負、發抒情感的工具，然而後人於激賞蘇軾的散文、詩、詞、書法、繪畫成就之餘，往往忽略其奏議、書牘對中國學術發展的影響，在文藝理論、談史論今、暢敍抒懷等方面，與這些作品亦佔有同等重要地位。

　　奏議係臣下上奏於君王之詞，從中可探知作者仁民抱負的思想，曾國藩云：「凡奏議類，以西漢奏疏陸贄、蘇軾爲宗。」〔註1〕書牘旨在吐露眞言，如梁‧劉勰《文心雕龍‧書記》云：「詳總書體，本在盡言，言以散鬱陶，託風采，故宜條暢以任氣，優柔以懌懷，文明從容，亦心聲之獻酬也。」〔註2〕「託風采」即文章辭藻華美。錢穆云：「有意運用書牘爲文學題材，其事當起於建安，而以魏文帝陳思王兄弟爲之最。……此等書札，特游戲出之，藉以陶寫其心靈。古人云：嗟嘆之不足則詠歌之，此等書札，則辭多嗟嘆，情等詠歌，本亦宜於作爲一詩，今特變其體爲一封書札耳。故此等書札，乃始有當於純文學之條件。」〔註3〕可見書牘具文學價值。傅庚生云：「文學離卻眞情，更無是處。……書牘

〔註1〕　清‧曾國藩輯：《經史百家雜鈔‧總目》（湖南長沙：傳忠書局，光緒二年刊本），卷二。

〔註2〕　梁‧劉勰著，龍必錕譯注：《文心雕龍全譯》，（貴陽貴州：人民書局，1996年3月），頁305。

〔註3〕　羅聯添：《中國文學史論文選集（三）‧雜論唐代古文運動》，（臺北：臺灣學生書局，民國68年3月），頁1019。

隨筆之作，頗多可誦者，其情真也。……讀情真之作，如食橄欖，初尚疑其苦澀，回味始覺如飴，而其芳馨永留齒頰間。」〔註4〕蘇軾的書牘寫盡人生百態——辯事論學、寫情說理——發揮其個性，抒寫其感情，周必大云：「尺牘傳世者三，德、爵、藝也。而兼之實難。若歐蘇二先生，所謂毫髮無遺恨者，自當行於百世。」〔註5〕蘇軾的書牘，享如此之盛名，因而引發筆者研究動機。國立臺灣大學中文研究所研究生金桂台碩士論文《蘇軾的書信研究》，筆者研讀她的論文之後，覺得有深入研究的必要，因而增加奏議類，書牘類也盡求完整，使視野更加開闊，希望透過蘇軾的奏議、書牘，以瞭解其人生態度、思想行誼，以及文章獨特的風采。

　　奏議形式上屬公文書，內容則為議論文，所述皆為仁民愛物之心，可知蘇軾對當時的政論，有關政治、經濟、教化、軍事大計均悉周詳，最能透顯自我思想，可見蘇軾力挽狂瀾的志節、進德修業及為人處事的根本，是如古聖先賢孔、孟、老、莊的精神；書牘形式上屬私文書，內容則為議論文、敘述文或抒情文，為溝通思想、連絡感情、傾訴情懷。東坡一生坎坷流離，但皆能秉持豁達開朗的態度面對困境，隨遇而安，樂天知命，書牘中處處可見如此達觀的待人處事的心態，可以說是他一生的寫照。蘇軾的文筆揮灑自如，趣味相生，坦露真情，誠摯感人，他的奏議、書牘更能顯現他個人的風神與文采，所以要探討蘇軾行誼與思想的本源及演變情形，奏議、書牘是不能忽略的資料。

　　本文目的即是希望透過蘇軾的奏議、書牘研究，使其生平與思想，經由個人的治學、修養，以至治國理念，能具體的、透視的、完整的呈現出來。

第二節　研究範圍與方法

　　本論文對於蘇軾文書資料的蒐集，力求廣泛及完整，主要以北京孔凡禮點校《蘇軾文集》〔註6〕中，奏議或曰上書，〈上神宗皇帝書〉、〈徐州上皇帝

〔註4〕傅庚生著：《中國文學欣賞舉隅・真情與興會》，（臺北：國文天地雜誌社，民國79年4月），頁14。

〔註5〕明・毛晉輯：《津逮秘書・益公題跋》，（明崇禎庚午（三年）虞山毛氏汲古閣刊本），卷九，頁19。

〔註6〕〔宋・蘇軾著〕孔凡禮點校：《蘇軾文集》，（北京：中華書局，1996年2月），點校說明：頁1，9。（明末茅維把蘇軾的文章單獨輯集，問世之後，明清兩代以《東坡先生全集》為名，多次印行。《蘇軾文集》即以卷首冠以項煜序的《東

書〉等，或曰狀，如〈議學校貢舉狀〉、〈諫買浙燈狀〉等，或曰箚子，如〈論冗官箚子〉、〈大雪論差役不便箚子〉等，共約一百六十五篇；書牘或曰書，如〈黃州上文潞公書〉、〈與章子厚參政書〉等，或曰尺牘，如〈與王定國〉、〈答黃魯直〉等，共約一千五百三十三篇（包含蘇軾佚文彙編・書牘約二百三十八篇）為藍本，並參酌宋・蘇軾撰，楊家駱主編《蘇東坡全集》中，奏議約七十五篇；書牘約八百九十五篇為輔。

研究方法是依蘇軾的奏議、書牘內容加以整理、分析比對其生平事跡，參考《蘇軾文集》所示奏議、書牘寫作大約時間，及清・王宗稷編《東坡年譜》，王保珍先生撰《增補蘇東坡年譜會證》推論文書更精確時間，為避免附註過繁，皆直寫文書時間，不另作註。為使論理、敘事更周延，亦引用蘇軾的詩、詞、說、銘、哀辭以輔之，而無礙他的奏議、書牘獨立價值。

坡先生全集》七十五卷為底本。……所用的校本有：關於奏議，參考明刊本《歷代名臣奏議》、清刊本《續資治通鑑長編》；關於尺牘，除《永樂大典》、《七集・續集》、《外集》有關尺牘部分外，以元刊本《東坡先生翰墨尺牘》為校本。該本殘存二卷，藏北京圖書館。簡稱《翰墨》。

第二章 蘇軾生平傳略

第一節 學術思想

宋理學家，承唐代孔、孟道性哲學及吸取釋、道精神，研「理」論「道」，以闡揚「理趣」，影響其時文學、藝術之創作，且以「文人士大夫」爲創作媒介，成爲一種新儒學。蘇軾處於此時，入仕時以儒學思想爲主，被左遷時，亦有佛學思想，認爲「人生似幻化，終當歸空無」及雅好老、莊，嚮往自然清靜的境界。

一、儒學思想

（一）時代思潮

宋初採重文抑武的用人政策，統治者欲以儒學來治國。宋初擴大了科舉錄取人數，拓展了文人學士讀書入仕的道路，因而學校發達，促進了宋代儒家思想的復興。蘇軾生於儒學復興之宋代，恩師歐陽脩〔註1〕〔眞宗景德四年～神宗熙寧五年（1007～1072）〕尊儒重韓，於〈上梅直講書〉：「聞今天下有歐陽公者，其爲人如古孟軻、韓愈之徒。」〔註2〕故宋儒尊儒是時代思潮，蘇軾受此影響，欲以儒學以論政，以求書卷報國。

〔註1〕 牛春和：《歷代名家尺牘眞蹟》，（屏東：四海書屋，民國58年11月），頁27。
（附文忠自署「脩」影本與全名如下 與名如下）
〔註2〕 〔宋·蘇軾著〕：孔凡禮點校：《蘇軾文集》，（北京：中華書局，1996年2月），卷四十八，頁1386。

（二）家庭陶冶

蘇軾生時，祖父序〔宋太祖開寶六年～仁宗慶曆七年（973～1047）〕，六十三歲。喜爲善，性簡易，無威儀，薄於爲己，而厚於爲人。〔註3〕神宗治平四年（1067）六月，於〈與曾子固書〉：

> 伏念軾逮事祖父，祖父之沒，軾年十二矣，尚能記憶其爲人。又嘗見先君欲求人爲撰墓碣，雖不指言所屬，然私揣其意，欲得子固之文也。〔註4〕

神宗熙寧元年（1068）春，蘇軾自蜀以書至京師謂曾鞏〔眞宗天禧三年～神宗元豐六年（1019～1083）〕：

> 軾之大父行甚高，而不爲世用，故不能自見於天下。然古之人亦不必皆能自見，而卒有傳於後者，以世有發明之者耳。故軾之先人嘗疏其事，蓋將屬銘於子，而不幸不得就其志。軾何敢廢焉。子其爲我銘之！〔註5〕

曾鞏〈贈職方員外郎蘇君墓誌銘〉：

> 曾太父釿，大父祜，父杲，三世皆不仕，而行義聞於鄉里。……杲始以好施顯名。君讀書務知大義，爲詩務達其志而已。詩多至千餘篇。爲人疏達自信，持之以謙，輕財好施，急之人病，孜孜若不及。歲凶，賣田以賑其鄰里鄉黨；至熟，人將償之，君辭不受。以是，至數破其業，厄於饑寒。然未嘗以爲悔，而好施益甚。〔註6〕

軾父洵〔眞宗大中祥符二年～英宗治平三年（1009～1066）〕。歐陽脩〈故霸州文安縣主簿蘇君墓誌銘〉：「有蜀君子曰蘇君，諱洵，字明允，眉州眉山人也。君之行義修於家，信於鄉里，聞於蜀之人久矣。」〔註7〕由此知蘇軾高祖

〔註3〕宋・蘇洵撰：《嘉祐集・族譜後錄下篇》，（明嘉靖壬辰（十一年）太原府刊本），卷十三。（先子少孤，喜爲善而不好讀書，晚迺爲詩，能白道，敏捷立成，凡數十年，得數千篇，上自朝廷、郡邑之事，下至鄉閭、子孫、畋漁、治生之意，皆見於詩。觀其詩，雖不工，然有以知其表裏洞達，豁然偉人也，性簡易，無威儀，薄於爲己，而厚於爲人，與人交無貴賤，皆得其歡心。見士大夫，曲躬盡敬，人以爲諂，及歧見田父野老亦然，然後人不以爲怪，外貌雖無所不與，然其中心所以輕重人者，甚嚴。）

〔註4〕同註2，卷五十，頁1467。

〔註5〕宋・曾鞏撰：《景印摛藻堂四庫全書薈要集部第二七冊別集類・元豐類稿》，（臺北：世界書局，民國77年2月），卷四十三，頁374～534。

〔註6〕同註5。

〔註7〕宋・歐陽脩撰：《歐陽脩全集・居士集二・墓誌銘》，（臺北：河洛書局，民國

祐，有俠氣，曾祖杲，樂善好施，父親信於鄉里，其受曠達寬容之家風影響，能在逆境中優遊自得。軾母程氏，賢淑聰慧，志節凜然，勤於教子學問。《宋史・蘇軾傳》云：「生十年，父洵游學四方，母程氏親授以書。聞古今成敗，輒能語其要。程氏讀東漢〈范滂傳〉，慨然太息。軾請曰：『軾若爲滂，母許之否乎？』程氏曰：『汝能爲滂，吾顧不能爲滂母邪？』」〔註8〕

由此可知他的思想與行爲得自家庭的啓蒙和教誨影響至巨，在品格上獲致的薰陶，塑造出浩然志節的完整人格，奮發有爲，願以天下爲己任，雖遇艱危而有不悔的用世志意，想做安邦定國的事業，對政治、經濟、軍事樣樣關心，所以他的奏議，具有濃厚的儒學思想。如《宋史・蘇軾傳》云：「自爲舉子至出入侍從，必以愛君爲本，忠規讜論，挺挺大節，群臣無出其右。」〔註9〕又云：「器識之閎偉，議論之卓犖，文章之雄雋，政事之精明，四者皆能以特立之志爲之主，而以邁往之氣輔之。故意之所向，言足以達其有猷，行足以遂其有爲。」〔註10〕蘇軾不畏小人忌惡排濟，不避災禍，此儒學經國濟世的意識，已深植於其腦海。

附蘇軾世系表於附錄一

二、佛學思想

（一）時代思潮

自東漢，佛教與儒、道二家思想相斥相吸，沿襲時代而進展演化，交互影響中國社會民心，表現於學藝文化，產生新思潮。至唐而建立完備之大乘佛教，已成禪家天下，且深入社會民間，與儒、道交相融合。實則儒、釋、道相互接近之先兆，已於南北朝時顯露端倪，發展至五代、宋初，儒、釋、道終於密合爲一，尋求出入自得的處世態度，成爲文人普遍關注的人生課題。

（二）家庭陶冶

1、父　母

軾父雖以儒學爲宗，但不僅不排斥佛教，甚至結交蜀地出身的名僧雲門宗圓通居納和寶月大師惟簡〔眞宗大中祥符五年～哲宗紹聖二年（1012～

64年3月），卷二。
〔註 8〕元・脱脱等撰：《宋史》，（明成化十六年（1480）兩廣巡撫朱英刊嘉靖間南監修補本），卷三百三十八。
〔註 9〕同註8。
〔註 10〕同註8。

1095）〕。〔註11〕軾母信佛，崇信三寶、家藏十六羅漢像，每設茶供，則化爲白乳，如《眞相院釋迦舍利塔銘》：

> 昔予先君文安主簿贈中大夫諱洵，先夫人武昌太君程氏，皆性仁行廉，崇信三寶，捐館之日，追述遺意，捨所愛作佛事，雖力有所止，而志則無盡。〔註12〕

《十八大阿羅漢頌・第十八尊者》頌：

> 佛滅度後，閻浮提眾生剛狠自用，莫肯信入。故諸賢聖皆隱不現，獨以像設遺言，提引未悟，而峨眉、五臺、盧山、天台猶出光景變異，使人了然見之。軾家藏十六羅漢像，每設茶供，則化爲白乳，或凝爲雪花桃李芍藥，僅可指名。〔註13〕

蘇軾生長在一個佛教氣氛濃厚的家庭，因此受到佛學的薰染。

2、兄　弟

蘇軾與蘇轍〔仁宗寶元二年～徽宗政和二年（1039～1112）〕兩兄弟手足情深，因此遭遇困境時，以佛學互相寬慰。如元豐六年（1083）三月，於黃州時與弟討論佛法，〈與子由弟〉：

> 故凡學者，但當觀心除愛，自麤及細，念念不忘，會作一日，得無所除，弟以教我者是如此否？因見二偈警策，孔君不覺悚然，更以問之。〔註14〕

蘇軾在〈思無邪齋銘〉云：「東坡居士問法於子由。子由報以佛語：『本覺必明，無明明覺。』」〔註15〕由此可見，兄弟倆常研究佛理，在習佛的過程中，蘇轍亦有影響。

三、道學思想

（一）時代思潮

五代動亂，一些不願仕宦的儒生和失意官僚，紛紛隱遁以自保，他們往

〔註11〕同註2，卷十五，頁467。（〈寶月大師塔銘〉云：「寶月大師惟簡，自宗古，姓蘇氏，眉之眉山人。於余爲無服兄。」）
〔註12〕同註2，卷十九，頁578。
〔註13〕同註2，卷二十，頁591。
〔註14〕同註2，卷六十，頁1834。
〔註15〕同註2，卷十九，頁574。

往以黃老思想作爲安身立命之道，因而黃老思想在社會上得到廣泛的傳播。宋太宗爲了安定社會，鞏固政權，利用黃老的清靜無爲思想奉行黃老之治，眞宗繼承其父「清靜以致治」的政策，繼續推行黃老之治。〔註16〕

（二）家庭陶冶

蘇軾小學時以天慶觀道士張易簡爲師，深受老師影響，所以從小崇道，如在惠州〈與王庠〉：「軾少時本欲逃竄山林，父兄不許，迫以婚宦，故汨沒至今。」〔註17〕少年時，喜讀《莊子》，因此啓迪了他的道學思想。

蘇軾受儒、釋、道的影響，他一生的思想即是融通此三學，獨具特色的書牘，就反映了他對人生「無所往而不樂」的曠達態度。

第二節　生平傳略

一、求學、登第

蘇軾，字子瞻，初字和仲，號東坡居士，四川眉州眉山人。宋仁宗景祐三年丙子十二月十九日（1037年1月8日）乙卯時生，卒於徽宗建中靖國元年七月二十八日（1101年8月24日）。一生歷仁宗、英宗、神宗、哲宗、徽宗五朝。南宋孝宗，賜諡文忠而稱蘇文忠公。

仁宗慶曆二年（1042），蘇軾七歲。始知讀書。慶曆三年，八歲入小學，以天慶觀道士張易簡爲師，一日，蘇軾偶從師旁得見國子監魯人石介〔字守道，眞宗景德二年～仁宗慶曆五年（1005～1045）〕寫的〈慶曆聖德詩〉，詢其詩內人物，自是想見其爲人，聞梅堯臣〔眞宗咸平五年～仁宗嘉祐五年（1002～1060）〕及歐陽脩之文名。仁宗嘉祐二年正月，應禮部試，國子監直講梅堯臣（聖俞）爲編排詳定官，禮部侍郎兼翰林侍讀學士歐陽脩知貢舉爲主考官，對蘇軾應試文章〈刑賞忠厚之至論〉非常賞識，以爲異人，欲冠多士，疑其門客曾鞏所寫，乃置第二，復以〈春秋對義〉居第一。

蘇軾尊師重道，對於梅堯臣、歐陽脩二公知遇之恩，終身懷著感戴之情。於仁宗嘉祐二年三月，御試崇政殿，十四日以第二名進士及第後，於〈上梅（堯臣）直講書〉：

〔註16〕任繼愈編：《中國道教史》，（臺北：桂冠書局，民國80年10月），頁507～564。

〔註17〕同註2，卷六十，頁1820。

軾七八歲時，始知讀書，聞今天下有歐陽公者，其爲人如古孟軻、韓愈之徒；而又有梅公者從之遊，而與之上下其議論。其後益壯，始能讀其文詞，想見其爲人，意其飄然脫去世俗之樂而自樂其樂也。……今年春，天下之士，群至於禮部，執事與歐陽公實親試之，誠不自意，獲在第二。既而聞之人，執事愛其文，以爲有孟軻之風，而歐陽公亦以其能不爲世俗之文也而取焉。……退而思之，人不可以苟富貴，亦不可以徒貧賤，有大賢焉而爲其徒，則亦足恃矣。〔註18〕

於〈謝歐陽（脩）內翰書〉：

軾也遠方之鄙人，家居碌碌，無所稱道。及來京師，久不知名。將治行西歸，不意執事擢在第二。惟其素所蓄積，無以慰士大夫之心，是以群嘲而聚罵者，動滿千百。亦惟恃有執事之知，與眾君子之議論，故恬然不以動其心。猶幸御試不爲有司之所排，使得搢笏跪起，謝恩于門下。〔註19〕

蘇軾從小對梅、歐二公傾慕，喜愛他們的人品與文章，今蒙獎勵提拔，感激之心，洋溢於書牘中。

蘇軾對當代人物最崇拜者，除梅、歐二公外，尚有韓琦〔眞宗大中祥符元年～神宗熙寧八年（1008～1075）〕、范仲淹〔太宗端拱二年～仁宗皇祐四年（989～1052）〕及富弼〔眞宗景德元年～神宗元豐六年（1004～1083）〕。進士及第後，由歐陽脩的介紹得識韓、富二公。不但仰慕韓琦的爲人，更愛好他的詩文。如〈上韓（琦）太尉書〉：

軾自幼時，聞富公與太尉皆號爲寬厚長者，然終不可犯以非義。及來京師，而二公同時在兩府。愚不能知其心，竊於道塗，望其容貌，寬然如有容。見惡不怒，見善不喜，豈古所謂大臣者歟？夫循循者固不能有所爲，而翹翹者又非聖人之中道，是以願見太尉，得聞一言，足矣。〔註20〕

二、仕宦、謫居

（一）京師初展才華

宋初制科有「賢良方正，能直言極諫」、「經學優深，可爲師法」、「詳閑吏

〔註18〕同註2，卷四十八，頁1386。
〔註19〕同註2，卷四十九，頁1424。
〔註20〕同註2，卷四十八，頁1382。

理，達於教化」，凡三科。至眞宗景德二年（1005），帝與寇準等議，因出唐朝
制科之目，采其六用之。七月十八日，乃下詔復置「賢良方正，能直言極諫」、
「博通墳典達於教化」、「才識兼茂明於體用」、「武足安邊，洞明韜略」、「運籌
決勝，軍謀宏遠」、「材任邊寄」等科。蘇軾於仁宗嘉祐二年（1057）進士及第，
嘉祐五年三月授河南府福昌縣主簿，未赴任，至嘉祐六年八月二十五日，帝御
崇政殿，試賢良方正直言極諫。今諸本皆云應才識兼茂明於體用科者，誤也。
公所試策入第三等，詔受大理評事、簽書鳳翔府判官公事。〔註21〕可於元豐三
年（1080）十二月，〈答李端叔書〉印證：

> 軾少年時，讀書作文，專爲應舉而已。既及進士第，貪得不已，又
> 舉制策，其實何所有，而其科號爲直言極諫，故每紛然誦說古今，
> 考論是非，以應其名耳。〔註22〕

　　嘉祐六年（1061）八月二十五日殿試，蘇軾制策入三等後，〈上富（弼）
丞相書〉：

> 夫天下之小人，所爲奔走輻輳於大人之門，而爲之用者，何也？大
> 人得其全，小人得其偏。大人得其全，故能兼受而獨制。小人得其
> 偏，是以聚而求合於大人之門。古之聖人，惟其聚天下之偏，而各
> 收其用，以爲非偏則莫肯聚也，是故不以其全而責其偏。夫惟全者
> 之不可以多有也，故天下之偏者，惟全之求。今以其全而責其偏，
> 夫彼若能全，將亦爲我而已矣，又何求焉。〔註23〕

蘇軾此時，深受儒學影響，懷有致君堯舜、經世濟民之志，所以想得到丞相
的重視，能重用自己施展抱負。

　　英宗治平元年（1064）十二月，蘇軾磨勘轉殿中丞，十七日，任滿還京。
治平二年正月還京，差判登聞鼓院。英宗自藩邸聞軾名，欲以唐故事召入翰
林知制誥，宰相韓琦以爲不可驟用。二月，召試秘閣，試二論，復入三等，
得直史館。五月二十八日，元配王弗〔仁宗寶元二年（1039）生〕卒於京，
年二十七。治平三年四月二十五日，父洵病逝於京，享年五十有八。六月，
與弟轍護喪歸蜀，妻王弗柩隨載而行。熙寧元年（1068）七月服除。十月續

〔註21〕宋・蘇軾撰，宋・郎曄注：《經進東坡文集事略》，（上海商務印書館影印宋刊本），卷二十。
〔註22〕同註2，卷四十九，頁1432。
〔註23〕同註2，卷四十八，頁1376。

弦，娶王弗的堂妹閏之〔仁宗慶曆八年～哲宗元祐八年（1048～1093）〕。十二月，以墳墓、田宅、出納經紀，委付同鄉楊濟甫管理，囑堂兄子安總其成。與弟轍攜家從陸路入京。

（二）杭州外任通判

熙寧二年（1069）二月還京，時王安石爲參知政事，開始實行變法。熙寧四年二月，〈上神宗書〉，三月，〈再上神宗書〉，皆不報。旋因考試開封進士，發策以歷史上獨斷與專任，事同而功異爲問。王安石〔眞宗天禧五年～哲宗元祐元年（1021～1086）〕震怒，遂疾使姻親御史謝景溫誣奏過失。蘇軾未嘗一言以自辯，乞外任，六月，以太常博士直史館通判杭州，十一月二十八日，到杭任。他在杭州。鬱鬱不得志，對現實政治感到不滿，如〈與范夢得〉：「近日併覺冗丞，盜賊獄訟常滿，蓋新法方行故也。」〔註24〕又〈與堂兄〉：

> 此中公事人事無暇，又物極貴，似京師，圭田甚薄，公庫窘迫，供給蕭然，但一味好個西湖也。役法、鹽法皆創新，盜賊縱橫，上下督迫，吏民脅息，立之火燉上耳。〔註25〕

熙寧五年十月，督導開闢湯村運鹽河道，在督役中，親見「人如鴨與豬，投泥相濺驚」。深悔出仕，眞想重回故鄉懷抱。熙寧八年，在密州，於〈與王慶源〉：

> 某此粗遣，雖有江山風物之美，而新法嚴密，風波險惡，況味殊不佳。退之所謂「居閑食不足，從官力難任，兩事皆害性，一生常苦心」，正此謂矣。知叔丈年來頗窘，此事有定分。但只以安健無事，多子孫爲樂，亦可自遣。何時歸休，得從田里，但言此心，已馳於瑞草橋之西南矣。〔註26〕

（三）湖州烏臺詩獄

神宗元豐二年（1079）三月，蘇軾四十四歲，徙知湖州，四月二十日到任。上表以謝，又以事不便民者，不敢言，以詩託諷，庶有補於國。御史李定、舒亶、何正臣，摭其表語，並媒蘗所爲詩以爲訕謗，七月二十八日，皇甫僎（遵）奉旨到湖州追攝。蘇軾被押到安徽宿縣，所在州郡，又接御史臺的指示搜索蘇家。此時蘇家的眷屬，已由王氏兄弟護送，正在往南都的船上。

〔註24〕同註2，卷五十六，頁1700。
〔註25〕同註2，〈蘇軾佚文彙編〉卷四，頁2527。
〔註26〕同註2，卷五十九，頁1811～1812。

州郡的官兵，居然快船趕上，截留搜查，檢視所有詩文書信，態度蠻橫無理，使婦孺非常害怕。俟搜查完，官兵將所要的詩文稿件取走，婦女莫不氣憤責罵。隨即焚燒各種手稿，殘存稿件僅餘十之二三。蘇軾八月十八日到京，入御史臺獄，欲寘之死，鍛鍊久之不決，十一月三十日，狀申結案。烏臺詩案受累親友，除弟轍外，王詵〔約仁宗慶曆八年～徽宗開寶六年（1048～1104）〕、王鞏罰最重，其餘各罰銅有差。

（四）黃州東坡居士

元豐二年（1079）十二月二十九日，獲釋出獄，責授黃州（今湖北黃岡）團練副使，本州安置，不得簽書公事。元豐三年四月，於〈黃州上文潞公書〉：

> 軾始得罪，倉皇出獄，死生未分，六親不相保。……軾始就逮赴獄，
> 有一子稍長，徒步相隨，其餘守舍，皆婦女幼稚。至宿州，御史符
> 下，就家取文書。州郡望風，遣吏發卒，圍船搜取，老幼幾怖死。
> 既去，婦女忿罵曰：「是好著書，書成何所得，而怖我如此！」悉取
> 燒之。比事定，重復尋理，十亡其七八矣。〔註27〕

士可殺而不可辱，蘇軾最不能釋懷的，是這一百三十天繫獄事件中在人格和尊嚴上受到的屈辱。無罪而見謗，可以推知東坡憤慨的心情。無罪還要強迫自己相信有罪，這等於把外侮外戕轉化為自侮自戕，心靈的創傷就更劇烈。元豐三年二月初一到黃州，初寓定惠院。於〈與王定國〉：

> 某寓一僧舍，隨僧蔬食，甚自幸也。感恩念咎之外，灰心杜口，不
> 曾看謁人。所云出入，蓋往村寺沐浴，及尋溪旁釣魚採藥，聊以自
> 娛耳。〔註28〕

在黃州經濟上很拮据，生活清苦，仍能坦然自處，但待罪之身，同事親友不相聞問，他怕以文字累人，自願孤立於一切人事之外。元豐三年二月，章惇當上參知政事，寫慰問信與蘇軾。三月，蘇軾覆信〈與章子厚參政書〉：

> 軾自得罪以來，不敢復與人事，雖骨肉至親，未肯有一字往來。忽
> 蒙賜書，存問甚厚，憂愛深切，感嘆不可言也。……軾所以得罪，
> 其過惡未易一二數也。平時惟子厚與子由極口見戒，反覆甚苦，而
> 軾強狠自用，不以為然，及在囹圄中，追悔無路，謂必死矣。不意

〔註27〕同註2，卷四十八，頁1379～1380。
〔註28〕同註2，卷五十二，頁1513。

聖主寬大，復遣視息人間，若不改者，軾眞非人也。〔註29〕

蘇軾認爲是少年時不自知，憑藉誦說古今、評論是非應了舉，以爲從此能確實輔佐政事，不料因直言極諫惹來的災難。被貶黃州，幾乎喪失生命，平生親友，避之惟恐不及，眞感處境困頓，世態炎涼。元豐三年三月，老友杜沂（道源），專程探望，可說是第一位官場故人來訪。於〈與杜道源〉：

> 謫寄窮陋，首見故人，釋然無復有流落之歎。衰病迂拙，所向累人，自非卓然獨見，不以進退爲意者，誰肯辱與往還。每惟此意，何時可忘。〔註30〕

蘇軾認爲人苦於不自知，遭口舌之災，所以他在黃州時沒人識得他是官員，可放浪於山水間，是件可喜的事。元豐三年十二月，於〈答李端叔書〉：

> 得罪以來，深自閉塞，扁舟草履，放浪山水間，與樵漁雜處，往往爲醉人所推罵，輒自喜漸不爲人識，平生親友無一字見及，有書與之亦不答，自幸庶幾免矣。〔註31〕

元豐四年十二月，於〈答陳師仲主簿書〉：「自得罪後，雖平生厚善，有不敢通問者，足下獨犯眾人之所忌，何哉？」〔註32〕可見冤獄對於一個人所造成的傷害是何等的重大。蘇軾由考試步入仕途，他對英宗、神宗都有知遇之恩，這期間，他的思想以入世的儒家思想爲主。雖然如此遭誹謗被貶，但他滿懷忠義，只要尊主澤民者，便忘軀爲之，不拘禍福得失，如於元豐六年，〈與李公擇〔李常：仁宗天聖五年～哲宗元祐五年（1027～1090）〕〉：

> 知治行窘用不易，僕行年五十，始知作活。大要是慳爾，而文以美名，謂之儉素。然吾儕爲之，則不類俗人，眞可謂淡而有味者。又《詩》云：「不戢不難，受福不那。」〔註33〕

元豐三年三月，黃州進士潘丙，字彥明，住樊口，無意仕途，遂開酒坊爲業。一日專程過江來拜訪蘇軾，從此交遊，蘇軾常去飲酒。於〈答言上人〉：「此間但有荒山大江，修竹古木，每飲村酒，醉後曳杖放腳，不知遠近，亦曠然天眞。」〔註34〕元豐三年五月二十七日，至巴口迎接弟轍及家人，二十

〔註29〕同註2，卷四十九，頁1411～1412。
〔註30〕同註2，卷五十八，頁1757。
〔註31〕同註2，卷四十九，頁1432。
〔註32〕同註2，卷四十九，頁1428。
〔註33〕同註2，卷五十一，頁1499。
〔註34〕同註2，卷六十一，頁1892。

九日同至黃，遷居臨皋亭。房屋雖破舊簡陋，然能隨遇而安，覺得環境形勢非常好，十分滿意。此在寫給親友信中可知。九月，於〈與王慶源〉：

> 寓居官亭，俯迫大江，几席之下，雲濤接天，扁舟草履，放浪山水間。客至，多辭以不在，往來書疏如山，不復答也。此味甚佳，生來未嘗有此適，知之，免憂。〔註35〕

他寬慰叔丈，說在黃州生活舒適。但心裡還是害怕朋友遭懲罰，所以客至多辭不在，往來書信，也不回，就是怕好友被株連。同時致書道士吳復古，於〈答吳子野〉：

> 黃州風物可樂，供家之物，亦易致。所居江上，俯臨斷岸，几席之下，風濤掀天，對岸即武昌諸山，時時扁舟獨往。〔註36〕

於〈與司馬溫公〔司馬光：眞宗天禧三年～哲宗元祐元年（1019～1086）〕〉：

> 謫居窮陋，如在井底，杳不知京洛之耗，不審邇日寢食何如？某以愚暗獲罪，咎自己招，無足言者。但波及左右，爲恨殊深，雖高風偉度，非此細故所能塵垢，然某思之，不啻芒背爾。寓居去江干無十步，風濤煙雨，曉夕百變，江南諸山，在几席上，此幸未始有也。雖有窘乏之憂，亦布褐蔬藿而已。〔註37〕

元豐六年於〈與范子豐〉：

> 臨皋亭下不數十步，便是大江，其半是峨眉雪水，吾飲食沐浴皆取焉，何必歸鄉哉！江山風月，本無常主，閒者便是主人。〔註38〕

江山風月，本無固定主人，拋棄世俗雜念，閒適空靈的心境才能眞正享受自然美。寫給親朋的信，雖如此豁達，但內心仍惴慄不安，於元豐三年十月，〈與杜幾先〉書牘中可見：

> 去歲八月初，就逮過揚，路由天長，過平山堂下，隔牆見君家紙窗竹屋依然，想見君黃冠草屨，在藥壚棋局間，而鄙夫方在縲紲，未知死生，慨然羨慕，何止霄漢。既蒙聖恩寬貸，處之善地，杜門省愆之外，蕭然無一事，怳然酒醒夢覺也。〔註39〕

元豐四年二月，馬夢得爲蘇軾請舊營地，自力耕作，乃闢建東坡，從此自號

〔註35〕同註2，卷五十九，頁1813。
〔註36〕同註2，卷五十七，頁1736。
〔註37〕同註2，卷五十，頁1442。
〔註38〕同註2，卷五十，頁1453。
〔註39〕同註2，卷五十八，頁1759。

東坡居士。八月,於〈答吳子野〉:

> 某到黃已一年半,處窮約,故是夙昔所能,比來又加便習。自惟罪
> 大罰輕,餘生所得,君父之賜也。躬耕漁樵,真有餘樂。〔註40〕

元豐五年二月,在東坡築雪堂成,從此耕作時住雪堂。〈與章子厚〉:

> 某啓。僕居東坡,作陂種稻,有田五十畝,身耕妻蠶,聊以卒歲。
> 昨日一牛病幾死,牛醫不識其狀,而老妻識之,曰:「此牛發豆斑瘡
> 也!法當以青蒿粥啖之。」用其言而效。勿謂僕謫居之後,一向便
> 作村舍翁。老妻猶解接黑牡丹也。言此,發公千里一笑。〔註41〕

從這些信中可看出他親身農作,生活艱苦,已不像早年那麼飛揚得意,頹唐
與悲傷交雜。元豐六年(1083)三月,於〈與千乘姪〉:「家門凋落,逝者不
可復,如老叔固已無望,而子明、子由亦已潦倒頭顱,可知正望姪輩振起耳。」
〔註42〕經過政爭的險惡,牢獄的折磨,收斂許多,躁釋矜平,此時精神方面
洒脫自在,但身體漸衰,心理上還是心有餘悸。元豐六年五月,他與陳慥討
論買田鄂城的信中看出。於〈與陳季常〉:

> 示諭武昌一策,不勞營為,坐減半費,此真上策也。然某所慮,又
> 恐好事君子,便加粉飾,云擅去安置所而居於別路,傳聞京師,非
> 細事也。雖復往來無常,然多言何所不至,若大霈之後,恩旨稍寬,
> 或可圖此,更希為深慮之,仍且密之為上。〔註43〕

當時黃州屬淮南路,鄂城屬湖北路。蘇軾此時如驚弓之鳥,對任何事的處理
都非常小心。六月,風毒攻右目,幾至失明。於〈與蔡景繁〔蔡承禧:仁宗
景祐二年～神宗元豐七年(1035～1084)〕〉:

> 某臥病半年,終未清快。近復以風毒攻右目,幾至失明,信是罪重
> 責輕,召災未已。杜門僧齋,百想灰滅,登覽遊從之適,一切罷矣。
> 〔註44〕

於〈與陳朝請〉:

> 昨遠辱書問,便欲裁謝,而春夏以來,臥病幾百日,今尚苦目疾。再
> 枉手教,喜知尊體康勝,貴眷各佳安。罪廢屏居,交游皆斷絕,縱復

〔註40〕同註2,卷五十七,頁1734。
〔註41〕同註2,卷五十五,頁1639。
〔註42〕同註2,卷六十,頁1839。
〔註43〕同註2,卷五十三,頁1567。
〔註44〕同註2,卷五十五,頁1661。

通問，不過相勞慰而已，孰能如公遠發藥石以振吾過者哉？〔註45〕

蘇軾在黃州一住五年，已熱愛此地，但元豐七年三月，神宗告下，制詞云：「蘇軾黜居思咎，閱歲滋深，人才實難，不忍終棄，因量移臨汝。」蘇軾已適應黃州，頗為留戀，但又希望被起用。元豐七年三月，於〈與王文甫〉：

> 前蒙恩量移汝州，比欲乞依舊黃州住，細思罪大責輕，君恩至厚，不可不奔赴。數日念之，行計決矣。見已射得一舟，不出此月下旬起發，沿流入淮，泝汴至雍丘、陳留間，出陸，至汝。勞費百端，勢不得已。本意終老江湖，與公扁舟往來，而事與心違，何勝慨歎。〔註46〕

（五）京師翰林學士

哲宗元祐元年（1086）閏二月，司馬光為相，九月一日病逝相邸，由呂公著為相，但不符眾望，仕場分成朔、洛、蜀三黨派，朋黨紛爭，蘇軾很想離開京師，上書請求外放。元祐四年三月十一日除龍圖閣學士，知杭州。十月，妻（閏之）弟王箴（字元直）與同鄉仲天貺自蜀來訪。元祐五年二月，王箴、仲天貺辭歸蜀。三月，於〈與王元直〉：

> 別久思詠，春深，不審起居佳否。眷愛各康勝。某與二十七娘（王閏之）甚安。小添、寄叔並無恙。新珠必甚長成，諸親各安。旅宦寡悰，思歸未由，豈勝恨恨。某為權倖所疾久矣，然捃摭無獲，徒勞掀攪，取笑四方耳。不煩遠憂，未緣會聚，惟冀以時珍衛。〔註47〕

元祐六年（1091）三月九日蘇軾奉召，調回京師做吏部尚書，他不肯就，又改派翰林承旨，六月四日詔兼邇英殿侍讀。後屢遭右司諫楊康國，侍御史賈易及御史中丞趙君錫等人彈劾，七月六日上論朋黨之患。從杭州回來，才三、四個月就受人攻擊，非常煩惱。在潁州（今安徽阜陽）〈與王定國〉曰：

> 平生親友，言語往還之間，動成坑阱，極紛紛也。不敢復形於紙筆，不過旬日，自聞之矣。得潁藏拙，餘年之幸也。自是刳心鉗口矣。

〔註48〕

（六）惠州節度副使

蘇軾一再乞郡，元祐六年八月五日，宣諭詔旨：翰林學士承旨兼侍讀蘇

〔註45〕同註2，卷五十七，頁1709。
〔註46〕同註2，卷五十三，頁1588。
〔註47〕同註2，卷五十三，頁1587～1588。
〔註48〕同註2，卷五十二，頁1526。

軾爲龍圖閣學士知潁州軍州事。元祐年間，小人當權，君子被擠，無法挽狂瀾，他只求一走。

元祐八年八月，蘇軾任端明殿學士兼翰林侍讀學士守禮部尚書時出知定州（今河北定縣），明年紹聖元年四月以侍御史虞策、殿中侍御史來之邵言落職，奪一官知和州，尋知英州（廣東英德），六月責授寧遠軍節度副使惠州（廣東惠陽）安置。十月至惠州，寓於合江樓。紹聖二年（1095），蘇軾六十歲，表兄也是姊夫，程之才（正輔）爲廣南路提刑，三月初六按臨惠州。之前，蘇軾寄一信，敘述老兄弟不相從四十二年思念之情，及謫居概況。於〈與程正輔〉：

> 竄逐海上，渴況可知。聞老兄來，頗有佳思。昔人以三十年爲一世，今吾老兄弟不相從四十二年矣，念此，令人悽斷。不知兄果能爲弟一來否？然亦有少拜聞。某獲譴至重，自到此旬日，便杜門自屏，雖本郡守，亦不往拜其辱，良以近臣得罪，省躬念咎，不得不爾。老兄到此，恐亦不敢出迎。若以骨肉之愛，不責末禮而屈臨之，餘生之幸，非所敢望也。〔註49〕

他到惠州之後，覺得瘴氣的可怕，三月，於〈與錢濟明〉：

> 某到貶所，闔門省愆之外，無一事也。瘴鄉風土，不問可知，少年或可久居，老者殊畏之。唯絕嗜欲，節飲食，可以不死，此言已書諸紳矣，餘則信命而已。近來親舊書問已絕，理勢應爾。濟明獨加於舊，高義凜然，固出天資，但愧不肖何以得此。會合無期，臨紙愴恨。〔註50〕

三月，〈與徐得之（大正）〉：「某到惠已半年，凡百粗遣，既習其水土風氣，絕欲息念之外，浩然無疑，殊覺安健也。」〔註51〕蘇軾以儒家入世思想，爲國爲民，結果一貶再貶到瘴癘之地，心已如槁灰，但仍恬然處之，眞是修養已臻極點。三月，陳慥自黃州來函並寄許多土產，意欲來惠探候。蘇軾深恐拖累老友，於心不安，急復信勸止。於〈與陳季常〉：

> 軾罪大責薄，聖恩不貲，知幸念咎之外，了無絲髮掛心，置之不足復道也。自當塗聞命，便遣骨肉還陽羨，獨與幼子過及老雲幷二老婢共吾過嶺。到惠將半年，風土食物不惡，吏民相待甚厚。孔子云：

〔註49〕同註2，卷五十四，頁1589～1590。
〔註50〕同註2，卷五十三，頁1550～1551。
〔註51〕同註2，卷五十七，頁1724。

「雖蠻貊之邦行矣。」豈欺我哉！自數年來，頗知內外丹要處。冒昧厚祿，負荷重寄，決無成理。自失官後，便覺三山跬步，雲漢咫尺，此未易遽言也。所以云云者，欲季常安心家居，勿輕出入，老劣不煩過慮，決須幅巾草屨相從於林下也。亦莫遣人來，彼此鬢髭如戟，莫作兒女態也。〔註52〕

六月，於〈與王定國〉：

某到此八月，獨與幼子一人、三庖者來，凡百不失所，風土不甚惡。某既緣此絕棄世故，身心俱安，而小兒亦遂超然物外，非此父不生此子也。呵！呵！……子由不住得書，極自適，道氣有成矣。餘無足道者。南北去住定有命。此心亦不念歸，明年買田築室，作惠人矣。〔註53〕

九月，朝廷大享明堂，大赦天下，然而元祐諸大臣卻不在大赦之列，蘇軾對未來境遇，只好淡然處之。於〈與廣西憲曹司勳〉：

惠州風土差厚，山水秀邃，食物粗有，但少藥耳。近報有永不敘復，旨揮正，坐穩處，亦且任運也。子由頻得書甚安。某惟少子隨侍，餘皆在宜興。見今全是一行腳僧，但喫些酒肉耳。〔註54〕

紹聖三年三月，覓洽購得白鶴峰上隙地數畝，築室其上。蘇軾曾作一首《遷居》詩，詩前小引寫道：

吾紹聖元年十月二日至惠州，寓居合江樓。是月十八日，遷居嘉祐寺。二年三月十九日，復遷於合江樓；三年四月三十日，復歸於嘉祐寺。時方卜築白鶴峰之上，新居成，庶幾其少安乎？〔註55〕

紹聖三年，〈與程全父〉：「白鶴峰新居成，當從天侔求數色果木，太大則難活，太小則老人不能待，當酌中者，又須土碢稍大不傷根者為佳。」〔註56〕紹聖四年二月，落成遷入。於〈答毛澤民（滂）〉：

某寓居粗遣，本帶一幼子來。今者長子又授韶州仁化令，冬中挈家

〔註52〕同註2，卷五十三，頁1570。
〔註53〕同註2，卷五十二，頁1531。
〔註54〕宋·蘇軾撰，楊家駱主編：《蘇東坡全集》，（臺北：世界書局，民國85年2月），下冊，頁120。
〔註55〕宋·蘇軾撰；清·王文誥、馮應榴輯注：《蘇軾詩集》，（臺北：學海書局，民國74年9月），頁2194～2195。
〔註56〕同註2，卷五十五，頁1625。

至此。某又已買得數畝地,在白鶴峰上,古白鶴觀基地也。已令斫
木陶瓦,作屋二十間,今冬成,去七十無幾,匆未必能至耶,更欲
何之。〔註57〕

合江樓是接待上級官員的驛館,蘇軾雖以待罪之身來惠州,但惠守詹範(器
之)敬重他的人品,待以殊禮。〈與徐得之〉:「詹使君,仁厚君子也,極蒙他
照管,仍不輟攜具來相就。」〔註58〕蘇軾謫惠,詹範同僚畏章惇勢力莫敢顧,
獨範待之甚厚,時攜具相就唱和。但蘇軾考慮自己的身分與個中的情由,不
願帶累詹範,所以在兩年又六個月的短短時間裏,東坡竟在合江樓與嘉祐寺
之間兩進兩出。

(七)儋耳投荒海南

紹聖四年(1097)四月十七日,惠守方子容來訪,出告示,責授瓊州別
駕(知州的佐官),昌化軍(今海南昌江,故儋耳)安置,不得簽書公事。十
九日,挈過舟行,至廣州,子孫到江邊哭別,蘇軾作了最壞打算,對生還已
不抱希望。臨行時致書廣州太守〈與王敏仲〉:

某垂老投荒,無復生還之望,昨與長子邁訣,已處置後事矣。今到
海南,首當作棺,次便作墓,仍留手疏與諸子,死則葬於海外,庶
幾延陵季子嬴博之義,父既可施之子,子獨不可施之父乎?生不挈
棺,死不扶柩,此亦東坡之家風也。〔註59〕

七月初二,到昌化,僦居官屋。紹聖五年四月,董必至雷州(今廣東海
康),遣人過海,逐蘇軾出官屋倫江驛,乃於昌化買地,由土人協助,畚土運
甓,在桄榔林中,建茅屋三間,以蔽風雨。於〈與程全父〉:

別遠逾年,海外窮獨,人事斷絕,莫由通問,舶到忽枉教音,喜慰
不可言。仍審起居清安,眷愛各佳。某與兒子粗無病,但黎、蜑雜
居,無復人理,資養所給,求輒無有。初至,僦官屋數椽,近復遭
迫逐,不免買地結茅,僅免露處,而囊為一空。困厄之中,何所不
有,置之不足道,聊為一笑而已。〔註60〕

儋州生活比惠州更艱苦,可在哲宗元符元年(1098)十二月,〈與姪孫元

〔註57〕同註2,卷五十三,頁1572。
〔註58〕同註2,卷五十七,頁1725。
〔註59〕同註2,卷五十六,頁1695。
〔註60〕同註2,卷五十五,頁1626。

老〉信中看出：

> 蜀中骨肉，想不住得安訊。老人住海外如昨，但近來多病瘦瘁，不復如往日，不知餘年復得相見否？循、惠不得書久矣。旅況牢落，不言可知。又海南連歲不熟，飲食百物艱難，及泉、廣海舶絕不至，藥物鮓醬等皆無，厄窮至此，委命而已。老人與過子相對，如兩苦行僧爾。然胸中亦超然自得，不改其度，知之，免憂。〔註61〕

元符二年五月，惠州老友鄭嘉會舶書寄到，極為高興，從此與書為伍，更能排遣寂寞。於〈與鄭靖老〉：

> 近買地起屋五間一龜頭，在南汙池之側，茂木之下，亦蕭然可以杜門面壁少休也，但勞費窘迫爾。此中枯寂，殆非人世，然居之甚安。況諸史滿前，甚有與語者也。借書，則日與小兒編排齊整之，以須異日歸之左右也。〔註62〕

元符三年五月，告下儋州，蘇軾以瓊州（即儋州，今海口市）別駕，廉州（廣東合浦）安置，不得簽書公事。七月四日，至廉州貶所。八月十日告下，遷舒州（安徽舒州）團練副使，永州（湖南零陵）居住。十月初，邁、迨率家人來，重聚於羊城（今廣東廣州）。此時，老友鄭嘉會自粵西來書，無意仕途，欲相從谿山間。蘇軾因自己尚未決定究竟定居何處，因此只告知各種狀況，他日有緣，不須預先考慮。於〈與鄭靖老〉：

> 某鬢髮皆白，然體力元不減舊，或不即死，聖恩汪洋，更一赦，或許歸農，則帶月之鋤，可以對秉也。本意專欲歸蜀，不知能遂此計否？蜀若不歸，即以杭州為佳。朱邑有言：「子孫奉祀我，不如桐鄉之民。」不肖亦云。然外物不可必，當更臨事隨宜，但不即死，歸田可必也。公欲相從於溪山間，想是真誠之願，水到渠成，亦不須預慮也。此生真同露電，豈通把玩耶！〔註63〕

十一月中，得旨：覆朝奉郎，提舉成都玉局觀，在外州軍任便居住，遂罷永州之行。從此，蘇軾的流放生活才告結束，獲得了個人在生活上的自由。

（八）歸鄉晚風清寒

徽宗建中靖國元年（1101）正月十二日，到達虔州（今江西贛縣），虔守

〔註61〕同註2，卷六十，頁1841。
〔註62〕同註2，卷五十六，頁1674。
〔註63〕同註2，卷五十六，頁1676。

霍漢英（子侔），熱烈歡迎，並建議定居常州，而在韶州（今廣東曲江）時受李公寅盛稱舒州景物幽美，民風純樸。因此，書託好友錢世雄確實探詢詳情。於〈答錢濟明〉：

> 某已到虔州，二月十間方離此。此行決往常州居住，不知郡中有屋可僦可典買者否？如無可居，即欲往眞州、舒州皆可。如聞常州東門外，有裴氏宅出賣，虔守霍子侔大夫言。告公令一幹事人與問當，若果可居，爲問其直幾何，度力所及，即逕往議之。俟至金陵，當別遣人咨稟也。若遂此事，與公杖屨往來，樂此餘年。〔註64〕

二月，於〈答蘇伯固〉：

> 某留虔州已四十日，雖得舟，猶在贛外，更五七日，乃乘小舫往即之。勞費百端，又到此。長少臥病，幸而皆愈，僕卒死者六人，可駭。住處非舒則常，老病唯退爲上策。〔註65〕

又：

> 至虔州日，往諸刹遊覽，始見中原氣象，泰然不肉而肥矣。何時得與公久聚，盡發所蘊相分付耶！龍舒聞有一官庄可買，已託人問之。若遂，則一生足食杜門矣。〔註66〕

蘇軾已回中土多時，但多在舟中，登岸往諸刹遊覽，才意識到眞的到中原，而不是作夢，可見貶謫對他的傷害有多深。愛龍舒（安徽舒州）風土，欲居焉，乃令郡之隱士李惟熙買田以老。已而得子由書，言「桑榆末景，忍復離別」，遂欲北還潁昌，〈與惟熙書〉：「然某緣在東南，終當會合，願君志之，未易盡言也。」〔註67〕四月，過豫章（南昌），泊舟吳城山下，往禱順濟王廟。接孔平仲轉來子由書，力勸老哥前往許昌同住，衡酌諸多因素，尚在考慮，仍未決定。抵南康軍，書與親戚浙西濟王廟。接孔平仲轉來子路漕司程之元（德孺），告知方今到達南康軍，預計行程，約於四月下旬可到眞州，遣子邁往宜興取行李，自己則泊舟瓜洲等待，他希望老兄弟能相聚。〈與程德孺運使〉：

> 某候水過贛，今方達南康軍，約程，四月末間到眞州。當遣兒子邁

〔註64〕同註2，卷五十三，頁1554。
〔註65〕同註2，卷五十七，頁1741。
〔註66〕同註2，卷五十七，頁1742。
〔註67〕同註2，〈蘇軾佚文彙編〉卷四，頁2532。

> 往宜興取行李，某當泊船瓜洲以待之。不知德孺可因巡按至常、潤，
> 相約同遊金山否？患難之餘，老兄弟復一相聚，曠世奇事也。〔註68〕

又：

> 某此行本欲居淮、浙間，近得子由書，苦勸來潁昌相聚，不忍違之，
> 已決從此計，泝汴至陳留出陸也。今有一狀，干漕司一坐船，乞早
> 爲差下，令且在常州岸下，候邁到彼乘來，切望留意早早得之，免
> 滯留爲幸。〔註69〕

四月初，至當塗，錢世雄自常州遣專使來迎，蘇軾與他約金山聚晤。〈與錢濟
明〉：

> 某此去不住滯，然風水難必期，公閒居難以遠涉，須某到眞遣人奉
> 約，與德孺同來金山乃幸也。所懷未易盡言，併俟面陳。餘惟萬萬
> 自重。〔註70〕

廖正一（明略）遣專使來迎，答書致謝。〈答廖明略〉：

> 遠去左右，俯仰十年，相與更此百罹，非復人事，置之，勿污筆墨
> 可也。所幸平安，復見天日。彼數子者，何辜獨先朝露，吾儕皆可
> 慶，寧復戚戚於既往哉！公議皎然，榮辱竟安在？其餘夢幻去來，
> 何嘗蚊虻之過目前也。矧公才學過人遠甚，雖欲忘世而世不我忘，
> 晚節功名，直恐不免爾。老朽欲屏歸田里，猶或得見，蜂蟻之微，
> 尋以變滅，終不足道。〔註71〕

又：

> 衰陋之甚，惟有歸田杜門面壁，更無餘事。示諭極過當，讀之愧汗。
> 毗陵異政，謠頌藹然，至今不忘。爲民除穢，以至蕓尾。吳越戶知之，
> 此非特兒子能言也。聖主明如日月，行遂展慶，眾論如此。〔註72〕

五月初，黃寔〔(師是)，先浦城人。其父潁州府君好謙，與二蘇公爲同年進
士，師是遂與蘇公家通姻譜。〕轉來子由的信，非常懇切希望老哥能夠挈家
歸許州（今河南許昌）。因而又想定居許昌，並預定自淮泗上溯汴河至陳留上
岸，然後陸行許昌。蘇軾知道弟弟的經濟窘困，不忍拖累他。〈與黃師是〉：

〔註68〕同註2，卷五十六，頁1687。
〔註69〕同註2，卷五十六，頁1688。
〔註70〕同註2，卷五十三，頁1552。
〔註71〕同註2，卷五十三，頁1556。
〔註72〕同註2，卷五十三，頁1557。

> 行計屢改。近者幼累舟中皆伏暑，自愍一年在道路矣，不堪復入汴出
> 陸。又聞子由亦窘用，不忍更以三百指誅，已決意旦夕渡江過毗陵矣。
> 荷憂愛至深，故及之。子由一書，政爲報此事，乞蚤與達之。〔註73〕

蘇軾禁不起弟弟一再邀約，所以又想從子由居。〈與黃師是〉：「某已決意北行，從子由居。但須令兒子往宜興幹事，艤舟東海亭下，以待其歸，乃行矣。」〔註74〕北歸時，〈與胡郎仁脩〉：

> 某本欲居常，得舍弟書，促歸許下甚力，今已決計泝汴至陳留，陸
> 行歸許矣。旦夕到儀眞，暫留，令邁一到常州欵見矣。〔註75〕

五月初，〈與李之儀〉：

> 又得子由書及見教語尤切，已決歸許下矣，但須少留儀眞，令兒子
> 往宜興剖制，變轉往還，須月餘，約至許下，已七月矣。〔註76〕

五月初，錢世雄書報，已代借到顧塘橋孫氏住宅，請安心往住。復書致謝：

> 示諭孫君宅子，甚感其厚意，且爲多謝上元令姪，行見之矣。王、
> 范二君處，皆當力言也。……居常之計，本已定矣，爲子由書來，
> 苦勸歸許，以此胸中殊未定，當俟面議決之。〔註77〕

五月中，聞朝局事，紹述復熾，政敵想加害他，致使蘇軾立即放棄兄弟相聚潁昌，以遂風雨對床的理想，以免給予相忌者可乘之機。乃決歸毗陵，定居孫宅，故寫一封非常沉重的信，面託黃寔盡速轉交老弟。〈與子由弟〉：

> 子由弟。得黃師是遣人齎來二月二十二日書，喜知近日安勝。兄在眞
> 州，與一家亦健，行計南北，凡幾變矣。遭值如此，可歎可笑。兄近
> 已決計從弟之言，同居潁昌，行有日矣。適值程德孺過金山，往會之，
> 並一二親故皆在坐，頗聞北方事，有決不可往潁昌近地居者。事皆可
> 信，人所報，大抵相忌安排攻擊者眾，北行漸近，決不靜耳。今已決
> 計居常州，借得一孫家宅，極佳。浙人相喜，決不失所也。更留眞十
> 數日，便渡江往常。逾年行役，且此休息。恨不得老境兄弟相聚，此
> 天也，吾其如天何！亦不知天果於兄弟終不相聚乎？〔註78〕

〔註73〕同註2，卷五十七，頁1742。
〔註74〕同註2，卷五十七，頁1744。
〔註75〕同註2，卷六十，頁1843。
〔註76〕同註54，下冊，頁118。
〔註77〕同註2，卷五十三，頁1554～1555。
〔註78〕同註2，卷六十，頁1837。

五月下旬，泊舟於儀真東海亭下，天氣酷熱，一家大小多人中暑。六月初三午夜，瘴毒大作，暴瀉不止，自知不起，寫信囑咐弟轍，爲他作銘。〈與子由〉：「即死，葬我嵩山下，子爲我銘。」〔註79〕七月十五日，熱毒發作，病況突然惡化，身體特別虛弱，蘇軾頗熟悉各種藥方，所以得熱病，即自己煎藥治病。〈與錢濟明〉概述病況與感懷：

> 一夜發熱不可言，齒間出血如蚯蚓者無數，迨曉乃止，困憊之甚。細
> 察疾狀，專是熱毒，根源不淺，當專用清涼藥。已令用人蔘、茯苓、
> 麥門冬三味煮濃汁，渴即少啜之，餘藥皆罷也。莊生云在宥天下，未
> 聞治天下也。如此不愈則天也，非吾過矣。楊評事與一來亦佳，到此，
> 諸親知所餉無一留者，獨拜蒸作之餉，切望止此而已。〔註80〕

十五日，舟赴毗陵（常州），遷寓於顧塘橋孫宅。上表告老，以本官致仕。〔註81〕蘇軾想回眉州，但路程遙遠；潁川（今河南許昌）又不敢去；杭州則由於經濟原因沒成行，最後只好終老常州陽羨（今宜興）。七月二十五日病危，二十八日絕命於常州，享年六十六歲。蘇軾堅持己見，不隨波逐流的人格個性，使他飽經憂患和磨難，凡人能處憂患，蓋在其平日胸中所養。也正是這種獨立不改的人格精神，成就了東坡的崇高和不朽。

　　附蘇軾仕謫行跡圖於附錄二

三、風節、成就

（一）風　節

　　在黃州逆境中自強不息，生活上盡力撙節，實行從湖州詩友賈收（耘老）那學來的「掛叉法」。如他於元豐三年（1080）十月，〈答秦太虛〉：

> 初到黃，廩入既絕，人口不少，私甚憂之。但痛自節儉，日用不得過
> 百五十。每月朔便取四千五百錢，斷爲三十塊，掛屋樑上，平旦用畫
> 叉挑取一塊，即藏去叉，仍以大竹筒別貯，用不盡者，以待賓客，此
> 賈耘老法也。度囊中尚可支一歲有餘，至時，別作經畫，水到渠成，
> 不須預慮。以此，胸中都無一事。所居對岸武昌，山水佳絕。村酒亦
> 是醇釅，柑橘椑柿極多，大芋長尺餘，不減蜀中，外縣米斗二十，有

〔註79〕同註2，〈蘇軾佚文彙編〉卷四，頁2515。
〔註80〕同註2，卷五十三，頁1556。
〔註81〕宋‧蘇轍撰：《欒城集》，（明嘉靖二十年蜀藩刊本），卷二十二。

> 水路可致。羊肉如北方豬、牛，獐、鹿如土，魚、蟹不論錢。岐亭監
> 酒胡定之，載書萬卷隨行，喜借人看。黃州曹官數人，皆家善庖饌，
> 喜作會。太虛視此數事，吾事豈不既濟矣乎！〔註82〕

蘇軾在黃州如此拮据，但此信卻說武昌山水佳絕，人情相與之樂，處困而日
既濟，可見他的學養襟抱迥超塵外。元豐三年九月，妻弟王箴從蜀地派人來
探望。元豐四年二月，〈與王元直〉：

> 黃州真在井底，杳不聞鄉國信息。……此中凡百粗遣，江邊弄水挑菜，
> 便過一日，每見一邸報，須數人下獄得罪。方朝廷綜核名實，雖才者
> 猶不堪其任，況僕頑鈍如此，其廢棄固宜。但猶有少望，或聖恩許歸
> 田里，得乃款段一僕，與子眾丈、楊宗文之流，往來瑞草橋，夜還何
> 村，與君對坐莊門喫瓜子炒豆，不知當復有此日否？〔註83〕

在貶所自食其力，不問世事，但一有邸報，心中亦生出無限抑鬱。元豐
四年三月，〈與王定國〉：

> 近於側左得荒地數十畝，買牛一具，躬耕其中。今歲旱，米貴甚。
> 近日方得雨，日夜墾闢，欲種麥，雖勞苦卻亦有味。鄰曲相逢欣欣，
> 欲自號「塵糟陂裏陶靖節」，如何？〔註84〕

元豐四年十一月姪千尋（安節）赴舉報罷，遠來省問，留約一月，帶來
鄉訊。元豐六年二月，〈與子安兄〉：

> 近於城中得荒地十數畝，躬耕其中。作草屋數間，謂之東坡雪堂。
> 種蔬接果，聊以忘老。……此書到日，相次，歲豬鳴矣。老兄嫂團
> 坐火爐頭，環列兒女，墳墓咫尺，親眷滿目，便是人間第一等好事，
> 更何所羨。〔註85〕

蘇軾心中多麼嚮往返鄉與親人團聚，享人倫之樂，但待罪之身，這是不可能
的事，只有弄水挑菜，日夜墾闢，勞力生活，一介書生，為了食力無愧，得
到精神上的寄託，能安於此，足見其風慨。

軾幼年，嘗以「為范滂」為其職事，故其一生終能步武范滂，至死不移
其志。其為官，大節凜然，不畏權勢，不求顯達，恤士惠民，不以己之進退

〔註82〕同註2，卷五十二，頁1536。
〔註83〕同註2，卷五十三，頁1587。
〔註84〕同註2，卷五十二，頁1520～1521。
〔註85〕同註2，卷六十，頁1829～1830。

為慮。故常忤犯當道，致遭貶謫，殊不以為意，頗能自適。元豐六年，於〈與李公擇〉：

> 吾儕雖老且窮，而道理貫心肝，忠義填骨髓，直須談笑於死生之際，
> 若見僕困窮，便相於邑，則與不學道者大不相遠矣。兄造道深，中
> 必不爾出於相愛好之篤而已。然朋友之義，專務規諫，輒以狂言，
> 廣兄之意爾。雖懷坎壈於時，遇事有可尊主澤民者，便忘軀為之，
> 禍福為喪，付與造物。〔註86〕

（二）成　就

蘇軾在政治上小有成就，他的政見政績可從書牘中看出。蘇軾在熙寧二年還朝，時王安石執政，實施新法，欲改變科舉，以經義策論取士，神宗疑慮，於是詔兩制三館官員共議，蘇軾慷慨陳言，力排新制。如熙寧四年，〈上神宗皇帝書〉、〈再上神宗皇帝書〉，極論創制置三司條例之不當，造端宏大，民實驚疑創法新奇，吏皆惶惑。言農田、免役、青苗、均輸諸新法不便民處。王安石因而大怒，使御史謝景溫論奏其過，窮治無所得，軾遂請外調，通判杭州。熙寧七年（1074）十一月初三，到密州任。時方行手實法，到任二十日，即〈上韓丞相論災傷手實書〉，極言天災人禍之慘重，袪除新法、請罷榷鹽，〈上文侍中論榷鹽書〉應行仁政，善理盜賊〈上文侍中論強盜賞錢書〉，以紓民困。熙寧十年，知徐州，河決曹村，泛於梁山泊，溢於南清河，匯於城下，率領禁軍，持畚鍤，築東南長堤，首起戲馬臺，尾至城根。軾以版為屋，憩於堤上，使官吏分堵以守，終得保全其城，蘇軾為公忘私，拯民於溺。元豐元年（1078）在徐州〈上皇帝書〉諫言增強兵力、築精石牆、增大郡權、因材器使，謂經義取士，足以流弊，而至國家敗亡。

元豐八年五月告下，復朝奉郎，知登州軍州事。十月十五日到登州任，二十日告下，以禮部郎中召還，十二月抵京師。元祐元年（1086）因議免役法，與司馬光政見相左。認為差役法比免役法更不便民。元祐四年十二月二十七日，上書太師、宰相，乞賜及時賑濟。〈上執政乞度牒賑濟因修廨宇書〉及〈上呂僕射論浙西災傷書〉即〈杭州上執政書〉二首。元祐七年三月十六日，到揚州任。〈揚州上呂相書〉。即使被貶，心中仍以人民為優先。如元豐五年，在黃州為溺嬰事件，寫信予鄂守朱壽昌。紹聖二年，惠州為百姓飲水

〔註86〕同註2，卷五十一，頁1500。

問題寫信給廣守王古。

　　蘇軾治兵之道亦有獨見，如熙寧十年，〈代張方平諫用兵書〉；元豐三年，〈答李琮書〉；為鼓舞士氣，鞏固邊防。紹聖二年（1095）五月，建請程之才整建營房，以振軍心。

　　他在文學上的成就為：自認為能完成《論語傳》、《書傳》及《易傳》，是畢生的學術成就。子由所撰〈亡兄子瞻墓誌銘〉云：

> 先君晚歲讀易，玩其爻象，得其剛柔遠近喜怒逆順之情，以觀其詞，皆迎刃而解。作易傳未完，疾革，命公述其志。公泣受命，卒以成書，然後千載之微言，煥然可知也。復作論語說，時發孔氏之秘。最後居海南，作書傳，推明上古之絕學，多先儒所未言。既成三書，撫之歎曰：「今世要未能信，後有君子，當知我矣。」〔註87〕

元豐三年，於〈與滕達道〔滕元發：眞宗天禧四年～哲宗元祐五年（1020～1090）〕〉：

> 某閑廢無所用心，專治經書。一二年間，欲了卻《論語》、《書》、《易》，舍弟已了卻《春秋》、《詩》。雖拙學，然自謂頗正古今之誤，粗有益於世，瞑目無憾也。〔註88〕

元豐四年四月，〈黃州上文潞公書〔文彥博：眞宗景德三年～哲宗紹聖四年（1006～1097）〕〉：

> 到黃州，無所用心，輒復覃思於《易》、《論語》，端居深念，若有所得，遂因先子之學，作《易傳》九卷。又自以意作《論語說》五卷。窮苦多難，壽命不可期。恐此書一旦復淪沒不傳，意欲寫數本留人間。念新以文字得罪，人必以為凶衰不祥之書，莫肯收藏。又自非一代偉人不足託以必傳者，莫若獻之明公。而《易傳》文多，未有力裝寫，獨致《論語說》五卷。公退閒暇，一為讀之，就使無取，亦足見其窮不忘道，老而能學也。〔註89〕

元符三年（1100）九月，〈答李端叔〉：「所喜者，海南了得《易》、《書》、《論語傳》數十卷，似有益於骨朽後人耳目也。」〔註90〕於元符三年四月完成《易

〔註87〕同註81，卷二十二。
〔註88〕同註2，卷五十一，頁1482。
〔註89〕同註2，卷四十八，頁1380。
〔註90〕同註2，卷五十二，頁1540。

傳》九卷、《書傳》十三卷，謫居黃州時，曾撰《論語說》五卷，對此三書，認爲是畢生最大成就。尤其《易傳》，乃是繼承先君遺命述志完成，更感欣慰。建中靖國元年二月，寫給杭任部下蘇堅（伯固）的信中，表露書成後的心境。〈答蘇伯固〉：「某凡百如昨，但撫視《易》、《書》、《論語》三書，即覺此生不虛過。」〔註91〕蘇軾在政治上的不遇，生活上、精神上的抑鬱，成爲創作的原動力，造就了文藝上的不朽。自古聖賢豪傑，足以垂範萬世，深入民心者，厥爲三不朽，尤以立言更爲久遠。

〔註91〕同註 2，卷五十七，頁 1741～1742。

\

第三章　蘇軾奏議之研究

第一節　奏議之義界

　　梁‧劉勰《文心雕龍‧奏啓》云：「昔唐、虞之臣，敷奏以言；秦、漢之輔，上書稱奏。陳政事，獻典儀，上急變，劾愆謬，總謂之奏。奏者，進也；言敷于下，情進於上也。」所以說陳述治理國家大事，進獻典章儀禮的制度，上告緊急非常的事變，彈劾官員的罪過等，人臣言事的書疏都通稱「奏」。〔註1〕一篇好的奏疏，應敢于直諫，充滿正義之氣，說理肯切，文詞通暢。又《文心雕龍‧議對》云：「周愛諮謀，是謂爲議，議之言宜，審事宜也。《易》之《節卦》：「君子以度數議德行。」《周書》曰：「議事以制，政乃弗迷。議貴節制，經典之體也。」〔註2〕「議」就是用來論事、說理或陳述意見，即事理經過周密的思考，敘述得宜，用一定的法度來議論國事，國家的政策方針才不致錯誤。

　　明‧徐師曾纂《文體明辯‧奏疏》云：「按奏疏者，群臣論諫之總名也。奏御之文其名不一，故以奏疏括之也。七國以前皆稱上書，秦初改書曰奏，漢定禮儀，則有四品：一曰章以謝恩、二曰奏以按劾、三曰表以陳情、四曰議以執異。」〔註3〕清‧姚鼐輯《古文辭類纂‧序目》云：「奏議類者，蓋唐、虞三代聖賢陳說其君之辭，尚書具之矣。周衰，列國臣子爲國謀者。誼忠而

〔註1〕梁‧劉勰著，龍必錕譯注：《文心雕龍全譯》，（貴州貴陽：人民書局，1996
　　　　年3月），頁277。
〔註2〕梁‧劉勰著，龍必錕譯注：《文心雕龍全譯》，（貴州貴陽：人民書局，1996
　　　　年3月），頁290。
〔註3〕明‧徐師曾：《文體明辯》，（明萬曆吳江刊本），卷二十六，頁1。

辭美,皆本謨誥之遺,學者多誦之。其載春秋內外傳者不錄,錄自戰國以下。漢以來,有表、奏、疏、議、上書、封事之異名,其實一類。」〔註4〕清・曾國藩輯《經史百家雜鈔・序例》:「奏議類,下告上者,經如〈皋陶謨〉、〈無逸〉、〈召誥〉及《左傳》季文子、魏絳等諫君之辭皆是。後世曰書、曰疏、曰議、曰奏、曰表、曰劄子皆是。」〔註5〕故說古代人臣因事陳奏皇帝而條議其是非,通稱奏議。

蘇軾奏議中包括「上書」、「狀」及「劄子」,試分述如下:

一、「上書」:上書乃臣下敷奏陳說於君王之詞,而君王為當時最高行政主宰,所以此類上書應屬公文之性質,為奏議類。如〈上神宗皇帝書〉、〈徐州上皇帝書〉、〈代張方平諫用兵書〉等。

二、「狀」:《文心雕龍・書記》云:「狀者,貌也。體貌本原,取其事實。」〔註6〕《文體明辯・奏疏》云:「唐用表狀,亦稱書疏,宋人則監前制,而損益之,故有劄子、有狀……狀者,陳也。狀有二體,散文、儷語是也。」〔註7〕「狀」就是表述心中的想法,把話用筆墨寫出來,是治理政事急需的文書。如〈議學校貢舉狀〉、〈諫買浙燈狀〉、〈論河北京東盜賊狀〉、〈再乞罷詳定役法狀〉等。

三、「劄子」:《文體明辯・奏疏》云:「唐用表狀,亦稱書疏,宋人則監前制,而損益之,故有劄子、有狀……而劄子之用居多,蓋本唐人牓子、錄子之制,而更其名,乃一代之新式也……劄者,刺也……疏、對、啓、狀、劄,五者,又皆以奏字冠之,以別於臣下私相對答往來之稱。」〔註8〕故用於向皇帝或長官進言議事亦曰劄子,如〈乞罷詳定役法劄子〉、〈再論積欠六事四事劄子〉、〈乞校正陸贄奏議上進劄子〉等。

第二節　為政之道

論古今治亂,不為空文,以奏議具實用價值,因君權時代,人臣與君主

〔註4〕清・姚鼐輯:《古文辭類纂・序目三》,(清道光間合河康氏刊本)。

〔註5〕清・曾國藩輯:《經史百家雜鈔・序例二》,(湖南長沙:傳忠書局,光緒二年刊本)。

〔註6〕同註1,頁319。

〔註7〕同註3。

〔註8〕同註3,頁1~2。

之間，有關策略之溝通，則非借助奏議不可。蘇軾於紹聖四年（1097）謫嶺南時，〈與王庠書〉：

> 西漢以來，以文設科而文始衰，自賈誼、司馬遷，其文已不逮先秦古書，況其下者。文章猶爾，況所謂道德者乎？……軾少時好議論古人，既老，涉世更變，往往悔其言之過，故樂以此告君也。儒者之病，多空文而少實用，賈誼、陸贄之學，殆不傳於世。〔註9〕

蘇軾極贊賞漢・賈誼、唐・陸贄之學，常以陸贄自期，盡進忠言。如元祐八年（1093）五月七日進〈乞校正陸贄奏議上進箚子〉曰：

> 夫六經三史、諸子百家，非無可觀，皆足為治。但聖言幽遠，末學支離，譬如山海之崇深，難以一二推擇。如贄之論，開卷了然。聚古今之精英，實治亂之龜鑑。臣等欲取其奏議，稍加校正，繕寫進呈。願陛下置之坐隅，如見贄面，反覆熟讀，如與贄言。必能發聖性之高明，成治功於歲月。〔註10〕

又如其元符元年（1098）遠謫海外，〈答虔倅俞括〉：

> 文人之盛，莫如近世，然私所敬慕者，獨陸宣公一人。家有公奏議善本。頃侍講讀，嘗繕寫進御，區區之忠，自謂庶幾於孟軻之敬王，且欲推此學於天下，使家藏此方，人挾此藥，以待世之病者，豈非仁人君子之至情也哉！〔註11〕

於此可知蘇軾以陸贄自許，他博古通今，所以能將道理說得透徹，斟酌古代的經驗教訓，駕馭今日的實況誠實的進盡忠言，積極救世的思想，尤見於上奏君王「有為而作」的奏議。

　　為鞏固君主政權之重文抑武政策，借科舉考試合格之文人以領導社會，因之士大夫，為君主之左右手，實際執行政務者。且宋代取士求寬，以避免重蹈唐朝科舉為世族把持之弊端，因之採用彌封、謄錄等方式以改進科舉，以使不論任何家世之人皆得錄取，致使社會應舉之風大盛，人人希冀一朝功成名就，躍入士大夫階層，身為君王統治天下之中堅，因之文化普及，士大夫地位普受社會重視。

〔註9〕　〔宋・蘇軾著〕；孔凡禮點校：《蘇軾文集》，（北京：中華書局，1996年2月），卷四十九，頁1422。

〔註10〕　同註9，卷三十六，頁1012～1013。

〔註11〕　同註9，卷五十九，頁1793。

　　宋代文臣官僚體制，形成「文人士大夫」，或稱「士人」，或謂「讀書人」，意指社會有學問、有教養者。以文化而言，士大夫乃爲社會上之「讀書人」、「文人」；以政治而言，士大夫即是政府中之「官吏」；以經濟而言，士大夫之出身，大多爲豪農富商；以構成宋代之「士大夫社會」與「士大夫文化」，形成與唐以前家柄門第爲重之貴族政治迥異之社會，「士」乃爲「讀書人」、「知識」之象徵，象徵格外崇高之地位，且承繼古典文化、社會指導之任務。

　　蘇軾重士人之氣質，嘉祐二年（1057）〈上劉侍讀書〉曰：「軾聞天下所少者，非才也。才滿於天下，而事不立。天下之所少者，非才也，氣也。何謂氣？曰：是不可名者也。」〔註12〕熙寧四年二月，〈上神宗皇帝書〉：

> 夫國家之所以存亡者，在道德之淺深，而不在乎強與弱；曆數之所以長短者，在風俗之厚薄，而不在乎富與貧。道德誠深，風俗誠厚，雖貧且弱，不害於長而存。道德誠淺，風俗誠薄，雖強且富，不救於短而亡。人主知此，則知所輕重矣。〔註13〕

蘇軾重視教育，熱心育才致用，認爲「無吏」是宋積弱的原因之一，他於《策略‧開功名之門》、《策別‧厲法禁》、《策別‧專任吏》、《策別‧無責難》、《策別‧無沮善》中屢言用人。故於〈上神宗皇帝書〉：「自古用人，必須歷試。……大抵名器爵祿，人所奔趨，必使積勞而後遷，以明持久而難得。則人各安其分，不敢躁求。」〔註14〕蘇軾關心國政尤以用人爲最，所以他培育人才不遺餘力。

　　神宗熙寧元年（1068）四月，王安石越次入對。創制置三司條例司，議行新法。蘇軾七月服除，熙寧二年二月還京。安石執政，素惡蘇軾議論異己，仍以殿中丞直史館判官告院。王安石爲參知政事，開始實行變法。蘇軾對社會改革主張漸進，他在熙寧初監官告院任上，反對修改貢舉法。於熙寧四年正月，奏〈議學校貢舉狀〉：

> 右臣伏以得人之道，在於知人，知人之法，在於責實。使君相有知人之才，朝廷有責實之政，則胥史皁隸，未嘗無人，而況學校貢舉乎，雖因今之法，臣以爲有餘。使君相無知人之才，朝廷無責實之政，則公卿侍從，常患無人，況學校貢舉乎，雖復古之制，臣以爲不足矣。……使三代聖人復生於今，其選舉養才，亦必有道矣，何

〔註12〕同註9，卷四十八，頁 1386～1387。
〔註13〕同註9，卷二十五，頁 737。
〔註14〕同註9，卷二十五，頁 738～739。

必由學。〔註15〕

蘇軾明白指出得人才的道理，在乎眞正發覺人才，且在於朝廷綱紀，所以他認爲沒有必要更改舊有的貢舉法。朝廷制定一種舉才的辦法，不須要由學校才能培養優秀才子。且蓋學校「又當發民力以治宮室，斂民財以食游士」，〔註16〕所以蘇軾主張保存舊制。《宋史・蘇軾傳》：「神宗閱狀後，立即召見蘇軾並鼓勵他說，凡在館閣，皆當爲朕深思治亂，無有所隱。」蘇軾爲官本一心爲民，此時又得到神宗鼓勵，故神宗欲減價收買浙燈四千盞，蘇軾當即指陳其失，奏〈諫買浙燈狀〉：

> 陛下不以疏賤間廢其言，共獻所聞，以輔成太平之功業。……陛下以耳目不急之玩，而奪其口體必用之資。賣燈之民，例非豪戶，舉債出息，畜之彌年。衣食之計，望此旬日。陛下爲民父母，唯可添價貴買，豈可減價賤酬。……方今百冗未除，物力凋弊，陛下縱出內帑財物，不用大司農錢，而內帑所儲，孰非民力，與其平時耗於不急之用，曷若留貯以待乏絕之供。〔註17〕

此狀條理清楚，提議又表現忠心於君，使至尊無上的神宗有臺階下。蘇軾爲民著想，以不擾民爲原則，不卑不亢的奏狀，不但儉省費用，且消除民怨，使它成爲諫文中的上品。

蘇軾激烈批判新法，認爲安石變法，與民爭利，以召怨天下，必使民心大失，於〈上神宗皇帝書〉：

> 是以古之賢君，不以弱而忘道德，不以貧而傷風俗，而智者觀人之國，亦以此而察之。……故臣願陛下務崇道德而厚風俗，不願陛下急於有功而貪富強。〔註18〕

此時輕進少年人爭趨競爭，老成知務者逡巡引退，如歐陽脩於熙寧元年八月，轉兵部尙書，改知青州，充京東東路安撫使。熙寧二年二月，呂誨，范純仁〔？仁宗天聖五年～徽宗建中靖國元年（1027～1101）〕奏新法不當，遭罷黜，同時，諫官劉述等多人，均調職；八月，司馬光薦蘇軾爲諫官未果；十月，富弼罷相。熙寧三年二月，張方平出知陳州；三月，韓琦罷職；四月，呂公

〔註15〕同註9，卷二十五，頁723。
〔註16〕同註15。
〔註17〕同註9，卷二十五，頁727～728。
〔註18〕同註9，卷二十五，頁737。

著、孫覺、李常、程顥等十餘人，皆被排斥，臺諫爲之一空；宋敏求、蘇頌
等亦調離館閣；七月，歐陽脩改知蔡州；九月，司馬光出知永興軍。熙寧四
年六月，歐陽脩罷蔡州任，以觀文殿學士太子少師致仕，七月，歸潁卜居；
九月，司馬光罷知永興軍，隨又乞判西京留臺，遂至洛陽，閉戶不問政事。
如此一來使風俗流爲澆薄，小人接踵而至，如熙寧三年三月，呂惠卿知貢舉；
六月，馮京爲樞密副使旋改參知政事，皇帝遠賢臣親小人，則綱紀廢弛。於
是蘇軾以養身喻治國，對王安石變法表不贊成。〈上神宗皇帝書〉：

> 夫國之長短，如人之壽夭，人之壽夭在元氣，國之長短在風俗。世
> 有尪羸而壽考，亦有盛壯而暴亡。若元氣猶存，則尪羸而無害。及
> 其已耗，則盛壯而愈危。是以善養生者，慎起居、節飲食、導引關
> 節、吐故納新。不得已而用藥，則擇其品之上、性之良、可以久服
> 而無害者，則五臟和平而壽命長。不善養生者，薄節慎之功，遲吐
> 納之效，厭上藥而用下品，伐眞氣而助強陽，根本已空，僵仆無日。
> 天下之勢，與此無殊。故臣願陛下愛惜風俗，如護元氣。〔註19〕

三月，〈再上皇帝書〉：

> 臣又聞陛下以爲此法且可試之三路。臣以爲此法，譬之醫者之用毒
> 藥，以人之死生，試其未效之方，三路之民，豈非陛下赤子，而可
> 試以毒藥乎！今日之政，小用則小敗，大用則大敗，若力行而不已，
> 則亂亡隨之。〔註20〕

王安石的新法，試簡單分類爲三方面：財政方面：設置三司條例同，推行農
田水利法、免役法、青苗法、均輸法、方田均稅法；國防方面：保甲法、保馬法、
軍器監法；教育方面：貢舉的更定、中央及地方學校的更革、三經義的纂修。蘇
軾反對新法，全是以民爲本、濟世爲主，力陳非變法本身不佳，而是神宗皇求治
太速、進人太銳、聽言太廣，雖能致富，亦造成民怨。於此分述如下：

一、蘇軾分門別類批評新法

（一）制置三司條例司

宋沿五代之制，置三司使以總國計，通管鹽鐵、度支，權力很大。三司
條例司是根據王安石的意見成立的臨時機關，即制定戶部（掌管戶口、賦稅

〔註19〕同註18。
〔註20〕同註9，卷二十五，頁749。

和榷酒等事）、度支（掌管財政收支和糧食漕運等事）、鹽鐵（掌管工商收入和兵器製造等事）其任務是制訂財政改革方案。熙寧四年，〈上神宗皇帝書〉：

> 祖宗以來，治財用者不過三司使副判官，經今百年，未嘗闕事。今者無故又創一司，號曰制置三司條例。使六七少年，日夜講求於內，使者四十餘輩，分行營幹於外，造端宏大，民實驚疑，創法新奇，吏皆惶惑，賢者則求其說而不可得，未免於憂，小人則以其意而度朝廷，遂以爲謗。謂陛下以萬乘之主而言利，謂執政以天子之宰而治財，商賈不行，物價騰踴。……夫制置三司條例司，求利之名也，六七少年與使者四十餘輩，求利之器也。……故臣以爲去讒慝而召和氣，復人心而安國本，則莫若罷制置三司條例司。〔註21〕

人民貧困，而三司取財不已，去此司則可去讒慝而召和氣，復人心而安國本。

（二）農田水利法

　　宋代重視農田水利建設，在解決農田灌溉問題的工程，及排澇防潮以改土造田的水利設施，其主要是開修多條排水溝渠，將積潦泄導於江海，使低產田、沼澤地都變成高產田，另一是在沿海地區修築堤堰，它不但有效地防止海潮對農田的侵襲，還圍裹出大片沙田、海塗田，增加了耕地面積。獎勵興修水利，必要時政府貸款加以資助。蘇軾指出「功成則有賞，敗事則無誅」，會造成浮浪奸人爭言水利，大興功役，勞民傷財。〈上神宗皇帝書〉：

> 汴水濁流，自生民以來，不以種稻。……今欲陂而清之，萬頃之稻，必用千頃之陂，一歲一淤，三歲而滿矣。陛下遽信其說，即使相視地形，萬一官吏苟且順從，眞謂陛下有意興作，上糜帑廩，下奪農時，隄防一開，水失故道，雖食議者之肉，何補於民。……今欲鑿空訪尋水利，所謂即鹿無虞，豈惟徒勞，必大煩擾。……若官司格沮，並重行黜降，不以赦原，若材力不辦興修，便許申奏替換，賞可謂重，罰可謂輕。然並終不言諸色人妄有申陳或官私誤興功役，當得何罪。如此，則妄庸輕剽，浮浪奸人，自此爭言水利矣。〔註22〕

「賞可謂重，罰可謂輕。」成功有賞，敗事無誅之下，不法之徒，因之循私，水利法因而混亂。水利應適時興修，勿違農時：春耕、夏耘、秋收、冬藏，四者不失其時，如蘇軾再知杭州，治西湖、太湖農田水利，則著然有成。

〔註21〕同註9，卷二十五，頁730～731。
〔註22〕同註9，卷二十五，頁733。

（三）免役法

宋初時，百姓有職役、河役等徭役負擔，神宗以後，允許應役百姓輸錢代役，稱免丁錢，成爲代役稅，它減少農民在從事生產過程中所受到的干擾，但同時也增加了農民的經濟負擔。原來實行的差役法，官府各類繁重差役，由民自己承包，常使當役人傾家蕩產。免役法改爲民戶按戶等的不同向官府交納免役錢，由官府雇人充役。各路、州、縣依當地差役事務的繁簡，自定額數，定額之外另增十分之二，稱「免役寬剩錢」，由各地留存備用。原來不負擔差役的官戶、女戶、寺觀、未成丁戶，也需按定額半數交「助役錢」。

蘇軾並非反對免役法，而是擔心增一稅目，予多欲之君，聚斂之臣以搜括之資。他特別爲女戶、單丁戶辯護：「戶將絕而未亡」、「家有丁而尚幼」。〈上神宗皇帝書〉：

> 今遂欲於兩稅之外，別立一科，謂之庸錢，以備官雇。則雇人之責，官所自任矣。自唐楊炎廢租庸調以爲兩稅，取大曆十四年應干賦斂之數，以立兩稅之額，則是租調與庸，兩稅既兼之矣。今兩稅如故，奈何復欲取庸。聖人立法，必慮後世，豈可於兩稅之外，別出科名哉！萬一不幸，後世有多欲之君，輔之以聚斂之臣，庸錢不除，差役仍舊，使天下怨讟。推所從來，則必有任其咎者矣。〔註23〕

蘇軾是反對免役法不便民，豈可於常稅之外，別出科名。

（四）青苗法

青苗法本是用以救濟貧農，恐其在青黃不接時，向富民貸款，受剝削。然官吏不問農民有無需，概予貸款，迨夏、秋時隨兩稅還納（宋代兩稅中，夏稅是以百姓資產爲基礎攤徵，大約最初是以錢立額，實際徵收則折徵實物，一般是綢、絹、絲、小麥和草；秋稅是以田地畝數爲基礎攤徵，主要徵收穀米。），嚴格追繳。若無需貸款者則是浪費，而浪費之後，遭遇追繳，如無法清償，必受其迫害。以致流亡迭起，民怨沸騰。〈上神宗皇帝書〉：

> 青苗放錢，自昔有禁。今陛下始立成法，每歲常行，雖云不許抑配，而數世之後，暴君汙吏，陛下能保之歟？……縱使此令決行，果不抑配，計其間願請人戶，必皆孤貧不濟之人，家若自有贏餘，何至與官交易。此等鞭撻已急，則繼之以逃亡，逃亡之餘，則均之以鄰

〔註23〕同註9，卷二十五，頁734。

保。勢有必至，理有固然。且夫常平之爲法也，可謂至矣，所守者
約，而所及者廣。……今若變爲青苗，家貧一斛，則千户之外，熟
救其饑？且常平官錢，常患其少；若盡數收糴，則無借貸，若留充
借貸，則所糴幾何，乃知常平青苗，其勢不能兩立，壞彼成此，所
喪愈多，虧官害民，雖悔何逮。〔註24〕

蘇軾當時在陝西親眼見愁怨之民，親耳聽到哭聲振野，所以蘇軾上書奉勸神
宗，異日天下人民因青苗法而怨恨，國史記載下來，青苗法自陛下始，如此
神宗皇帝名譽遺臭萬年，豈不可惜，請陛下三思。蘇軾又於元祐元年八月四
日，〈乞不給散青苗錢斛狀〉：

右臣伏見熙寧以來，行青苗、免役二法，至今二十餘年，法日益弊，
民日益貧，刑日益煩，盜日益熾，田日益賤，穀帛日益輕，細數其
害，有不可勝言者。……因欠青苗至賣田宅雇妻女投水自縊者，不
可勝數，朝廷忍復行之歟！〔註25〕

青苗法如此不便民，故蘇軾極力反對。

（五）均輸法

當時各地上供財賦，不管年收豐歉、產地遠近，都是同一定額。此法
規定設發運使官，根據各地財賦情況和京城庫存數量統一處置，「徙貴就
賤，用近易遠」，對各地供辦的物品有變易調整之權，限制富商大賈對市場
的操縱，但富商大賈卻乘機倒賣取利。蘇軾認爲均輸法，實與民爭利，官
辦需費多，不如商辦易獲利。結果無利可圖，卻又損失不少商稅。如〈上
神宗皇帝書〉：

昔漢武之世，財力匱竭；用賈人桑羊之說，買賤賣貴，謂之均輸。
于時商賈不行，盜賊滋熾，幾至於亂。……不意今者此論復興。立
法之初，其說尚淺，徒言徙貴就賤，用近易遠。然而廣置官屬，多
出緡錢，豪商大賈，皆疑而不敢動，以爲雖不明言販賣，然既已許
之變易，變易既行，而不與商賈爭利者，未之聞也。夫商賈之事，
曲折難行，其買也先期而與錢，其賣也後期而取直，多方相濟，委
曲相通，倍稱之息，由此而得。今官買是物，必先設官置吏，簿書
廩祿，爲費已厚，非良不售，非賕不行，是以官買之價，比民必貴，

〔註24〕同註9，卷二十五，頁735。
〔註25〕同註9，卷二十七，頁784。

及其賣也，弊復如前，商賈之利，何緣而得。〔註26〕

此法官買之價比民必貴，非但無益處，且損失簿書廩祿等稅。

（六）經義取士

熙寧四年（1071），王安石變科舉，興學校，於進士科免試詩賦，頒行《三經新義》。為了更好控制思想，將《詩》、《書》、《周禮》加以詮釋，以為經義考試的標準。蘇軾認為有弊端，因此奏〈議學校貢舉狀〉：

> 至於貢舉之法，行之百年，治亂盛衰，初不由此。陛下視祖宗之世貢舉之法，與今為孰精？言語文章，與今孰優？所得文武長才，與今為孰多？天下之事，與今為孰辦？較此四者，而長短之議決矣。
> 〔註27〕

蘇軾認為詩賦簡且約，取得之士多敦樸而忠厚之人；策論煩瑣而難，故天下之士虛浮而矯飾。而後，王安石又變策論為制議，以其所訓釋之新義為準。蘇軾表示經義不能甄拔其才，元豐元年（1078）十月於〈徐州上皇帝書〉：

> 昔者以詩賦取士，今陛下以經術用人，名雖不同，然皆以文詞進耳。考其所得，多吳、楚、閩、蜀之人。至於京東、西，河北，河東，陝西五路，蓋自古豪傑之場，其人沉鷙勇悍，可任以事，然欲使治聲律，讀經義，以與吳、楚、閩、蜀之人爭得失於毫釐之間，則彼有不仕而已，故其得人常少。夫惟忠孝禮義之士，雖不得志，不失為君子，若德不足而才有餘者，困於無門，則無所不至矣。〔註28〕

經義取士，純取明經，士多不能誦記注義，為明義之學，不能真正拔才。

二、密州重要治策

熙寧七年（1074）九月，以太常博士直史館權知密州軍州事。十一月初三，到密州任。到任二十餘日，眼見此地人民貧窮，連年旱災，又逢蝗害，以致處處流離饑饉，而盜賊蜂起，唯恐動搖國本。初為太守，惻隱之心油然而生，決定為民請命。上奏朝廷，極言天災人禍之慘重，應宜行仁政，以紓民困，及善理盜賊。於熙寧七年十一月，〈論河北京東盜賊狀〉：

> 一、……乞將夏稅斛斗，取今日以前五年酌中一年實直，令三等已

〔註26〕同註9，卷二十五，頁735～736。
〔註27〕同註9，卷二十五，頁724。
〔註28〕同註9，卷二十六，頁761。

　　上人戶，取便納見錢或正色，其四等以下，且行倚閣。

一、河北、京東，自來官不榷鹽，小民仰以爲生。近日臣僚上章，
　　輒欲禁榷，賴朝廷體察……今使朝廷爲此兩路饑饉……若特放
　　三百斤以下鹽稅半年，則兩路之民，人人受賜。〔註29〕

京東與河北休戚相關，河北的治亂又是天下安爲的關鍵，蘇軾關心民瘼，對
因饑饉爲盜之民，向朝廷提出具體辦法，如此，貧民衣食有著落，富民無盜
賊的憂慮，天下國泰民安。

三、徐州重要治策

　　熙寧十年，蘇軾移守徐州，觀其山川之形勢，察風俗。於元豐元年十月
〈徐州上皇帝書〉：

　　臣觀其地，三面被山，獨其西平川數百里，西走梁、宋，使楚人開
　　關而延敵，材官騶發，突騎雲縱，眞若屋上建瓴水也。地宜菽麥，
　　一熟而飽數歲。其城三面阻水，樓堞之下，以汴、泗爲池，獨其南
　　可通車馬，而戲馬臺在焉。其高十仞，廣袤百步，若用武之世，屯
　　千人其上，聚糧木砲石，凡戰守之具，以與城相表**裏**，而積三年糧
　　於城中，雖用十萬人，不易取也。〔註30〕

徐州山川險固爲南北之襟要，爲戰略重地。以前項羽燒咸陽後，東歸即以此
爲都城，且築戲馬臺，倘若遇到用武之時，有作戰準備，敵軍就不易攻佔，
如此其爲京東諸郡安危之所寄，國家存亡之關鍵所在，所以不可忽略此地。

　　次述其風俗：「其民皆長大，膽力絕人，喜爲剽掠，小不適意，則有飛揚
跋扈之心，非止爲盜而已。」〔註31〕不僅盜匪有如此氣勢，即如「漢高祖，
沛人也；項羽，宿遷人也；劉裕，彭城人也；朱全忠，碭山人也；皆在今徐
州數百里間耳。其人以此自負，凶桀之氣，積以成俗。」〔註32〕梟雄輩出，
當地人都以此自豪，故民性強悍。

　　宋初推行文強武弱之政，地方兵少，以致盜賊蜂起，蘇軾考史蹟的利病
得失，以四事上奏：

〔註29〕同註9，卷二十六，頁755～756。
〔註30〕同註9，卷二十六，頁758。
〔註31〕同註9，卷二十六，頁758～759。
〔註32〕同註9，卷二十六，頁759。

試弓馬，或試法。

一、進士累舉免解，合推恩者，並約嘉祐以前內中數目，立為定額。

一、流外入官人，除近已有旨裁減三省恩例外，其餘六曹寺監等處，及州郡司人吏出職者，並委官取索文字，看詳有無僥倖定奪，酌中恩例。〔註39〕

蘇軾提對杜絕冗官氾濫的意見，在箚子中其思想是重視人才，任用真正有學問有能力的人，但不蒙哲宗採納。蘇軾耿耿於懷，認為備位禁林，心有所見，應進盡忠言，所以在官員依次輪流和皇帝討論時政的缺失時又提供己見，於元祐三年（1088）五月一日，奏〈轉對條上三事狀〉：

官冗之病，有增而無損，財用之乏，有損而無增，數年之後，當有不勝其弊者。若朝廷恬不為怪，當使誰任其憂，及今講求，臣恐其已晚矣。伏乞檢會前奏，早賜施行。〔註40〕

冗員過多，使財政入不敷出，攸關國脈民命，所以蘇軾有憂患意識，上奏皇帝裁減冗官，如此經濟穩定，人心才會安定。

五、杭州重要治策

（一）賑濟浙西饑災

蘇軾於元祐四年三月，除龍圖閣學士充浙西路兵馬鈐轄知杭州。七月初三到杭任，其時正值饑災，又有新法聚斂之害，民不聊生，蘇軾關懷浙西災民，欲如何平抑米價，籌備糧源，於是乞賜及時賑濟，提出具體方案，元祐四年十一月初四日，〈乞賑濟浙西七州狀〉：

一、乞出自宸斷，來年本路上解錢斛，且起一半或三分之二，其餘候豐熟日，分作二年，隨年額上供錢物起發，所貴公私稍獲通濟。

一、見今逐州和糴常平斛豆及省倉軍糧，又糴封樁錢、上供米，名目不一。官吏各務趁辦，爭奪相傾，以此米價益貴。伏望聖慈速賜勘會，如在京諸倉，不待此米支用，即令提、轉疾速契勘逐州，如省倉不闕軍糧，常平糴散有備外，更不得收糴。所貴米價稍平，小民不至失所。

〔註39〕同註9，卷二十七，頁787。

〔註40〕同註9，卷二十九，頁821。

一、欲乞指揮提、轉令將合發上供錢，散在諸州稅戶，令買金銀絹
　　充年額起發。〔註41〕

減收本路上供錢、停止公家在本路各州各項名目的錢及乞將上供錢散在諸州稅戶，以免錢荒，如此準備來年的缺糧。又於元祐五年七月十五日、七月二十五日、連上〈奏浙西災傷〉二狀〔註42〕及九月七日、九月十七日、十月二十一日、十一月二十一日〈相度準備賑濟〉四狀〔註43〕求引出糶，平準市價。元祐六年二月二十八日蘇軾以翰林學士承旨召還，遂罷杭州任。三月初，別杭州，以蘇湖被災獨甚，百聞不如一見，遂繞道赴湖州、德清、吳江、蘇州。四月過潤州、揚州、高郵，沿途親察各地災情，可見蘇軾用心民事的殷切。

（二）疏浚西湖

　　杭州正值乾旱，西湖是城中的大水庫，可供農田灌溉及全城居民飲水，如何疏通水源是當務之急。蘇軾於元祐五年四月二十九日，上〈杭州乞度牒開西湖狀〉曰西湖不可廢之理有五：

　　　　以西湖為放生池，禁捕魚鳥，為人主祈福。……今湖狹水淺，六景漸壞，若二十年之後，盡為葑田，則舉成之人，復飲鹹苦，其勢必自耗散。……白居易作《西湖石函記》云：「放水漑田，美簡一寸，可漑十五頃；美一伏時，可漑五十頃。若蓄洩及時，則瀕河千頃，可無凶歲。」今雖不及千頃，而下湖數十里間，茭菱穀米，所獲不貲。……西湖深闊，則運河可以取足於湖水，若湖水不足，則必取足於江湖。潮之所過，泥沙渾濁，一石五斗，不出三歲，輒調兵夫十餘萬功開浚，而河行市井中蓋十餘里，吏卒搔擾，泥水狼藉，為居民莫大之患……天下酒稅之盛，未有如杭者也，歲課二十餘萬緡。而水泉之用，仰給於湖，若湖漸淺狹，水不應溝，則當勞人遠取山泉，歲不下二十萬功。〔註44〕

所以西湖興修水利可放生魚鳥、飲水、灌溉、運河仰給、供泉等功用，《荀子・王制》云：「修堤防、通溝澮、行水潦、安水臧，以時決塞，歲雖凶敗水旱，使民有所耕艾。」可見蘇軾為政處處以民生利益著眼。

〔註41〕同註9，卷二十，頁850。
〔註42〕同註9，卷三十一，頁882～888。
〔註43〕同註9，卷三十一，頁892～900。
〔註44〕同註9，卷三十，頁864。

六、揚州重要治策

元祐七年（1092）三月十六日，到揚州任。見人民被積欠壓得喘不過氣來，只求溫飽，因此希望聖上能寬免積欠，如有前例可遵者，先除放，令有理合放而於條未有明文者，於五月十六日奏請聖旨〈論積欠六事并乞檢會應詔所論四事一處行下狀〉：

> 一、深慮諸州、軍亦有似此大赦前欠鹽鹽和買青苗錢逃移人戶，合依聖旨除放，而官吏不爲施行者，乞更賜行下免罪改正。
>
> 一、伏望聖慈，特與舉行元祐元年九月六日赦書，應內外欠市易錢人戶，見欠錢二百貫以下，不以官私違法不違法，及人戶於官司請領或徑於勾當人名下分請者，並與除放，所貴復收窮困垂死之民，稍實宗祀赦書之語，以答天人之意。〔註45〕

蘇軾爲民請願，希望朝廷體恤下情，赦除積欠，如此無逼良爲盜之事，社稷安定。他心繫民生邦本，處處關懷國家人民，就如孔子說的儒者：懷忠信以待舉。

第三節　治兵之道

《論語‧子路》：云「子曰：『善人教民七年，亦可以即戎矣。』」又云：「子曰：『以不教民戰，是謂棄之。』」熙寧十年（1077）東坡代張文定公〔字安道，自號樂全居士，應天宋城人眞宗景德四年～哲宗元祐六年（1007～1091）〕上書，〈代張方平諫用兵書〉：

> 臣聞好兵猶好色也。……且夫戰勝之後，陛下可得而知者，凱旋捷奏，拜表稱賀，赫然耳目之觀耳。至於遠方之民，肝腦屠於白刃，筋骨絕於餽餉，流離破產，鬻賣男女，薰眼折臂自經之狀，陛下必不得而見也。慈父孝子孤臣寡婦之哭聲，陛下必不得而聞也。譬猶屠殺牛羊、刳臠魚鼈，以爲膳饈，食者甚美，見食者甚苦。使陛下見其號呼於挺刃之下，宛轉於刀匕之間，雖八珍之美，必將投筯而不忍食，而況用人之命，以爲耳目之觀乎？〔註46〕

神宗血氣方剛，盛於用武，輕議討伐，蘇軾認爲凡事順天應民，於是爲張方平作諫用兵書，因他長於論事，筆端有口，眞是入妙。

〔註45〕同註9，卷三十四，頁 960～966。
〔註46〕同註9，卷三十七，頁 1048～1051。

第四章　蘇軾書牘之研究

第一節　書牘之義界

　　梁・劉勰《文心雕龍・書記篇》云：「蓋聖賢言辭，總為之書，書之為體，主言者也。揚雄曰：『言，心聲也，書，心畫也。聲畫形，君子小人見矣。』故「書」者，舒也。舒布其言，陳之簡牘。」〔註1〕古時書信多寫在一尺一寸長的木片上，故稱之為「尺一書」，簡稱「尺牘」或「書牘」。

　　清・姚鼐輯《古文辭類纂・序目》云：「書說類者，昔周公之告召公，有〈君奭〉之篇。春秋之世，列國士大夫，或面相告語，或為書相遺，其義一也。戰國說士說其時主，當委質為臣，則入奏議，其已去國或說異國之君，則入此編。」〔註2〕

　　清・曾國藩輯《經史百家雜鈔・序例》云：「書牘類，同輩相告者，經如〈君奭〉及《左傳・鄭子家叔向呂相》之辭皆是。後世曰書、曰啟、曰移、曰牘、曰簡、曰刀筆、曰帖皆是。」〔註3〕

　　清・姚鼐輯《古文辭類纂》稱此類文曰書說，唯「說」字易與論辨類及贈序類之說體混，故援清・曾國藩輯《經史百家雜鈔》，名之曰「書牘」。書牘為書信之總稱，乃應用文中最重要之一種，早在春秋時即已流行，其內容不外抒情、敘事、說理、議論或兼而有之。文字是心的圖畫，漢代以來的書牘，文詞繽紛，內容豐富，抒述的情志意氣盤旋迴盪，字裏行間最能表現其

〔註1〕 梁・劉勰著，龍必錕譯注：《文心雕龍全譯》，（貴州貴陽：人民書局，1996年3月），頁305。
〔註2〕 清・姚鼐輯：《古文辭類纂・序目五》（清道光間合河康氏刊本）。
〔註3〕 清・曾國藩輯：《經史百家雜鈔・序例二》（湖南長沙：傳忠書局，光緒二年刊本）。

特殊的個人風格,所以名人書牘墨寶真蹟,具有歷史、文學與藝術價值。

蘇軾書牘中包括「書」及「尺牘」,試分述如下:

一、「書」:「書」最為世所習用。蘇軾「書」有長篇議論國事之作,差可比擬奏議,如〈上韓魏公論場務書〉、〈上韓丞相論災傷手實書〉、〈上蔡省主論放欠書〉、〈上文侍中論強盜賞錢書〉、〈與章子厚參政書〉;或暢述文論之作,如〈與謝民師推官書〉〈答劉沔都曹書〉、〈答李方叔書〉等。

二、「尺牘」:《漢書·陳遵傳》:「遵贍於文辭,善書,與人尺牘,主皆藏去以為榮。」蘇軾「尺牘」乃短篇寸楮,為與友人敘生活狀況、抒情之作,如〈與司馬溫公〉、〈與王慶源〉、〈與滕達道〉、〈與李公擇〉、〈與王定國〉、〈答秦太虛〉、〈答毛澤民〉等;或論佛道之作,如〈與辯才禪師〉、〈與參寥子〉、〈與佛印〉、〈與大覺禪師〉、〈答畢仲舉〉、〈與陸子厚〉等;或談養生之作,如〈與錢穆父〉、〈與王敏仲〉、〈答龐安常〉等。

蘇軾書牘為心聲的反應,在於盡言,最得明見其生平與思想。

第二節　交游類

蘇軾書牘暢所欲言地抒發思想感情,無拘無束地寫出真實的情懷,坦率真誠,從容自然。他心懷仁善,待人誠摯,篤於忠信,自其眼中觀宇宙萬物,不論貧富,不分貴賤,無人不善,無事不佳,所以他交游甚廣,嘗自言:「上可以陪玉皇大帝,下可以陪卑田院乞兒。」蘇軾認為同道知己才能相樂,如仁宗嘉祐二年(1057)〈上梅直講書〉:

> 某每讀《詩》至〈鴟鴞〉,讀《書》至〈君奭〉,常竊悲周公之不遇。及觀史,見孔子厄於陳、蔡之間,而絃歌之聲不絕,顏淵、仲由之徒相與問答。夫子曰:「匪兕匪虎,率彼曠野,吾道非邪,吾何為於此?」顏淵曰:「夫子之道至大,故天下莫能容。雖然,不容何病,不容然後見君子。」夫子油然而笑曰:「回,使爾多財,吾為爾宰。」夫天下雖不能容,而其徒自足以相樂如此。乃今知周公之富貴,有不如夫子之貧賤。夫以召公之賢,以管、蔡之親而不知其心,則周公誰與樂其富貴。而夫子之所與共貧賤者,皆天下之賢才,則亦足與樂乎此矣。〔註4〕

〔註4〕 〔宋·蘇軾著〕:孔凡禮點校:《蘇軾文集》,(北京:中華書局·1996年2月),

　　嘉祐年間，蘇軾經歐陽脩提薦，聲名大噪，文人多喜與往來酬唱，其中以黃庭堅與張耒、晁補之、秦觀最負盛名，四人均以詩文見長，都以師禮拜蘇軾，但蘇軾都以朋友之道相交往，輒為讚譽，成就美名，不遺餘力，如元豐四年（1081）三月，於〈答李昭玘（字成季，濟南人。少與晁補之齊名。）書〉：

　　　軾蒙庇粗遣，每念處世窮困，所向輒值牆谷，無一遂者，獨於文人
　　　勝士，多獲所欲，如黃庭堅魯直，晁補之無咎，秦觀太虛，張耒文
　　　潛之流，皆世未之知，而軾獨先知之。今足下又不見鄙，欲相從游。
　　　豈造物者專欲以此樂見厚也耶？然此數子者，挾其有餘之資，而驁
　　　於無涯之知，必極其所如往而後已，則亦將安所歸宿哉。惟明者念
　　　有以反之。〔註5〕

一、蘇門六君子

　　宋沿唐制，設昭文館、史館和集賢院，合稱三館。凡在三館者，皆謂館職，職居校理、檢討，校勘以上，皆稱學士。宋制，凡除館職，必須具備進士及第，歷任成資（符合一定年資），經大臣保薦，學士院考試入等（合格），纔能授職。元祐元年（1086）十一月，蘇軾主試館職黃庭堅遷著作佐郎，加集賢院校理，張耒、晁補之並遷祕書省正字，秦觀未與薦試，因為他的歷仕成資還不夠格。因為他們都是蘇軾主試所拔擢的職官，一日之間，建立了座師與門生關係，而他們後來都做到三館檢校以上的職務，所以並稱「蘇門四學士」。陳師道於元祐初，蘇軾、孫覺薦其文行，起為徐州教授，又用梁燾薦，為太學博士來京，從蘇軾游，李廌謁蘇軾於黃州，贄文求知。蘇門四學士，加陳師道、李廌為「蘇門六君子」。《蘇門六君子文粹》明·陳繼儒敘：「古今第一好士者，無如蘇子瞻。」今分別介紹如下：

　　1、黃庭堅〔仁宗慶曆五年～徽宗崇寧四年（1045～1105）〕

　　蘇軾答黃魯直書牘五首。〔註6〕

　　黃庭堅字魯直，號山谷老人，又號涪翁，洪州分寧人。幼警悟，讀書數過輒成誦，舅李常過其家，取架上書問之，無不通常，驚以為一日千里。庭堅學問文章天成性得，陳師道謂其詩，得法杜甫，學甫而不為者。善行草書，

　　　　卷四十八，頁 1385～1386。
〔註 5〕同註4，卷四十九，頁 1439。
〔註 6〕同註4，卷五十二，頁 1531～1534。

楷法亦自成一家。而庭堅於文章尤長於詩，蜀、江西君子以庭堅配軾，故稱
「蘇黃」。軾爲侍從時，舉以自代，其詞有「瓌偉之文，妙絕當世，孝友之
行，追配古人」之語，其重之也如此。〔註7〕蘇黃訂交可從元豐元年（1078）
蘇軾四十三歲開始。四月，黃庭堅自京城寄《古風》詩二首爲贄，蘇軾於七
月，〈答黃魯直〉：

> 軾始見足下詩文於孫莘老之坐上，聳然異之，以爲非今世之人也。
> 莘老言：「此人，人知之者尚少，子可爲稱揚其名。」軾笑曰：「此
> 人如精金美玉，不即人而人即之，將逃名而不可得，何以我稱揚爲？」
> 然觀其文以求其爲人，必輕外物而自重者，今之君子莫能用也。其
> 後過李公擇於濟南，則見足下之詩文愈多，而得其爲人益詳，意其
> 超逸絕塵，獨立萬物之表，馭風騎氣，以與造物者遊，非獨今世之
> 君子所不能用，雖如軾之放浪自棄，與世闊疏者，亦莫得而友也。
> 今者辱書詞累幅，執禮恭甚，如見所畏者，何哉？軾方以此求交於
> 足下，而懼其不可得，豈意得此於足下乎？……《古風》二首，託
> 物引類，眞得古詩人之風。〔註8〕

《蘇門六君子文粹》明·陳繼儒敘：「蘇公云：『讀魯直詩，如見魯仲連、李
太白。』」書牘中稱其人爲精金美玉，亦稱其詩有古詩人之風，故可知蘇軾非
常器重他，不以師生相待，而以知交相處。

2、秦觀〔仁宗皇祐元年～徽宗元符三年（1049～1100）〕

蘇軾答秦太虛書牘七首。〔註9〕

秦觀，字少游，一字太虛，號淮海居士，揚州高郵人。少豪雋，慷慨溢於
文詞。舉進士不中。強志盛氣，好大而見奇，讀兵家書與己意合。見蘇軾於徐，
爲賦黃樓，軾以爲有屈宋才。又介其詩於王安石，安石亦謂清新似鮑、謝。軾
勉以應舉爲親養，始登第，調定海主簿、蔡州教授。元祐初，軾以賢良方正薦
于朝，除太學博士，校正祕書省書籍。……觀長於議論，文麗而思深。及死，
軾聞之，嘆曰：「少游不幸死道路，哀哉！世豈復有斯人乎！」〔註10〕

〔註7〕元·脫脫等編：《宋史》，（明成化十六年（1480）兩廣巡撫朱英刊嘉靖間南監
　　　修補本），卷四百四十四。
〔註8〕同註4，卷五十二，頁1531～1532。
〔註9〕同註4，卷五十二，頁1534～1538。
〔註10〕元·脫脫等編：《宋史》，（明成化十六年（1480）兩廣巡撫朱英刊嘉靖間南監
　　　修補本），卷四百四十四。

神宗元豐元年（1078）蘇軾知徐州時，秦觀三十歲。四月，秦觀赴京參加進士考，途遇李常，乃攜帶介紹信專誠拜謁蘇軾於彭城，投詩為贄，秦觀〈別子瞻〉古詩云：「人生異趣各有求，繫風捕影祇懷憂。我獨不願萬戶侯，惟願一識蘇徐州。」〔註 11〕蘇軾對少游，如家人一樣，閑話家常，告知讀道家書，厚自養鍊，可見他們深厚情誼。如元豐三年十月，〈答秦太虛〉：

> 軾寓居粗遣，但舍弟初到筠州，即喪一女子，而軾亦喪一老乳母，
> 悼念未衰，又得鄉信，堂兄中舍九月中逝去。異鄉衰病，觸目悽感，
> 念人命脆弱如此。又承見喻，中間得疾不輕，且喜復健。吾儕漸衰，
> 不可復作少年調度，當速用道書方士之言，厚自養鍊。謫居無事，
> 頗窺其一二。〔註12〕

秦觀屢舉不第，頗受人嘲笑，蘇軾對他慰勉並至，言詞懇切，情意深長。秦觀詩詞方面的享譽，可說是由蘇軾一手提拔。如〈答秦太虛〉：

> 寄示詩文，皆超然勝絕，亹亹焉來逼人矣。如我輩，亦不勞逼也。
> 太虛未免求祿仕，方應舉求之，應舉不可必。竊為君謀，宜多著書，
> 如所示論兵及盜賊等數篇，但似此得數十首，皆卓然有可用之實者，
> 不須及時事也。但旋作此書，亦不可廢應舉，此書若成，聊復相示，
> 當有知君者，想喻此意也。〔註13〕

此信肯定秦觀詩文的進步，並引導他發憤著述。秦觀仕宦方面的成就，也都是蘇軾促成，一有機會則薦舉於朝廷。如元豐七年八月與秦觀相會於金山，此時秦觀新舉進士，蘇軾特為上書老宰相，他對秦觀的關注，可謂無微不至。九月，〈與王荊公〉：

> 向屢言高郵進士秦觀太虛，公亦粗知其人，今得其詩文數十首，
> 拜呈。詞格高下，固無以逃於左右，獨其行義修飭，才敏過人，
> 有志於忠義者，其請以身任之。此外，博綜史傳，通曉佛書，講
> 習醫藥，明練法律，若此類，未易一二數也。才難之歎，古今共
> 之，如觀等輩，實不易得。願公少借齒牙，使增重於世，其他無
> 所望也。〔註14〕

〔註11〕 宋·秦觀：《淮海集》，（明嘉靖乙巳（二十四年）高郵知州胡民表刊本，微卷），
卷四，頁2。
〔註12〕 同註4，卷五十二，頁1535。
〔註13〕 同註4，卷五十二，頁1536。
〔註14〕 同註4，卷五十，頁1444。

哲宗元祐元年（1086）秦觀三十八歲，蘇軾在朝以賢良方正舉薦，四十歲被召至京城，應制科，進策論，得除太學博士，而正字、而國史院編修官，故兩人情誼深篤，互相切磋，文壇傳為佳話。

3、晁補之〔仁宗皇祐五年～徽宗大觀四年（1053～1110）〕

晁補之，字無咎，濟州鉅野人。太子少傅迴五世孫宗愨之曾孫也。父端友工於詩，補之聰敏強記，纔解事，即善屬文，王安國一見奇之。十七歲從父官杭州，粹錢塘山川風物之麗，著《七述》以謁通判蘇軾。軾先欲有所賦，讀之嘆曰：「吾可以閣筆矣。」又稱其文博辯雋偉，絕人遠甚，必顯於世，由是知名。〔註 15〕蘇軾與其父同事，故待他如同兄弟子侄，厚愛有加。蘇軾於徐州時，〈答黃魯直〉：

> 晁君騷詞，細看甚奇麗，信其家多異材耶？然有少意，欲魯直以己意微箴之。凡人文字，務使平和，至足之餘，溢為怪奇，蓋出於不得已也。晁文奇麗似差早，然不可直云爾。非謂避諱也，恐傷其邁往之氣，當為朋友講磨之語乃宜。不知以為然否？〔註 16〕

蘇軾認為作文之秘在平和，反對奇麗。他認為無咎的詩賦太過奇麗，違反「文理自然而姿態橫生」的規律。他忠懇的批評怕直接傷到補之，所以請魯直代為表達己意，他對待後進之提攜由此可知。

4、張耒〔仁宗至和元年～徽宗政和四年（1054～1114）〕〔註 17〕

蘇軾答張文潛書牘五首。〔註 18〕

張耒，字文潛，楚州淮陰人。幼穎異，十三歲能為文，十七時作〈函關賦〉，已傳人口。游學於陳，學官蘇轍愛之，因得從軾游，弱冠第進士，歷臨淮主簿。〔註 19〕

蘇軾於熙寧四年（1071）六月，通判杭州。七月，乘船赴杭任，先到陳州。此時，初遇年僅十九歲的張耒。熙寧八年蘇軾在密州建超然臺，張耒曾應約寫〈超然臺賦〉，由此開始詩文交往。蘇軾稱其詩具秀傑之氣，文似蘇轍。

〔註 15〕元‧脫脫等編：《宋史》，（明成化十六年（1480）兩廣巡撫朱英刊嘉靖間南監修補本），卷四百四十四。

〔註 16〕同註 4，卷五十二，頁 1532。

〔註 17〕余嘉錫撰：《余嘉錫論學雜著》，（臺北：河洛書局，民國 65 年 3 月），頁 520。

〔註 18〕同註 4，卷五十二，頁 1427、頁 1538～1539。

〔註 19〕元‧脫脫等編：《宋史》，（明成化十六年（1480）兩廣巡撫朱英刊嘉靖間南監修補本），卷四百四十四。

〈答張文潛縣丞書〉曰：

> 惠示文編，三復感歎。甚矣，君之似子由也。子由之文實勝僕，而
> 世俗不知，乃以爲不如。其爲人深不願人知之，其文如其爲人，故
> 汪洋澹泊，有一唱三歎之聲，而其秀傑之氣，終不可沒。作《黃樓
> 賦》，乃稍自振厲，若欲以警發憤憒者。而或者便謂僕代作，此尤可
> 笑，是殆見吾善者機也。文字之衰，未有如今日者也。……僕老矣，
> 使後生猶得見古人之大全者，正賴黃魯直、秦少游、晁無咎、陳履
> 常與君等數人耳。〔註20〕

蘇軾說弟子的文章中可看出古人文學大全，蘇軾稱讚其文汪洋沖澹，有一唱
三嘆之聲，氣韻雄拔，疏通秀朗，可見他對他們的器重。

　　5、陳師道〔仁宗皇祐五年～徽宗建中靖國元年（1053～1101）〕

　　蘇軾答陳履常書牘二首。〔註21〕

　　陳師道，字履常，一字無己，號后山居士，彭城人。少而好學苦志。年
十六，蚤以文謁曾鞏，鞏一見奇之，許其以文著，時人未之知也，留受業。
熙寧中，王氏經學盛行，師道心非其說，遂絕意進取。鞏典五朝史事，得自
擇其屬，朝廷以白衣難之。元祐初，蘇軾、傅堯俞、孫覺薦其文行，起爲徐
州教授，又用梁燾薦，爲太學博士來京，從蘇軾游，蹤跡甚密，官潁時，蘇
軾知州事，待之絕席，欲參諸門弟子間，而師道賦詩有「嚮來一瓣香，敬爲
曾南豐」之語，自言師承曾鞏。〔註22〕

　　師道精通諸經，尤其是詩、禮，爲文精深雅奧。蘇軾在密州時，〈答陳履
常〉：

> 遠承寄貺詩刻，讀之灑然，如聞玉音，何幸獲此榮觀。不獨以見作
> 者之格，且足以知風政之多暇，而高躅之難繼也。輒和《光祿安庵
> 二絕》，聊以寄欽羨之懷，一笑投之可也。所須接骨丹方，謹錄呈。
> 高密連年旱蝗，應副朔方百須，紛然疲薾，日俟汰逐。企仰仙館，
> 如在雲漢矣。因風，不容誨字。〔註23〕

〔註20〕同註4，卷四十九，頁1427。

〔註21〕同註4，卷五十二，頁1559。

〔註22〕元・脫脫等編：《宋史》，（明成化十六年（1480）兩廣巡撫朱英刊嘉靖間南監
　　　　修補本），卷四百四十四。

〔註23〕同註21。

6、李廌〔仁宗嘉祐四年～徽宗大觀三年（1059～1109）〕

蘇軾與李方叔書牘十九首。〔註24〕

李廌，字方叔，其先自郾徙華。廌〔蘇軾同年李惇（憲仲）之子〕六歲而孤，能自奮立。少長，以學問稱鄉里。謁蘇軾於黃州，贄文求知。軾謂其筆墨瀾翻，有飛沙走石之勢，拊其背曰：「子之才，萬人敵也，抗之以高節，莫之能禦矣。」廌再拜受教。而家素貧，三世未葬，一夕，撫枕流涕曰：「吾忠孝焉是學，而親未葬，何以學為！」旦而別軾，將客游四方，以葬其事。軾解衣為助，又作詩以勸風義者。於是不數年，盡致累世之喪三十餘柩，歸窆華山下，范鎮為表墓以美之。益閉門讀書，又數年，再見軾，軾閱其所著，歎曰：「張耒、秦觀之流也。」鄉舉試禮部，軾典貢舉，遺之，賦詩以自責。呂大防歎曰：「有司試藝，乃失此奇才邪！」軾與范祖禹謀曰：「薦雖在山林，其文有錦衣玉食氣，棄奇寶於路隅，昔人所歎，我曹得無意哉！」將同薦諸朝。未幾，相繼去國，不果。〔註25〕

蘇軾對後學熱情勉勵諄諄教誨，肯定李方叔詩賦長處，認為李的文章氣勢高遠，不同於眾；思想情趣，也不同一般，但略繁雜、拖沓，應注意精煉，提煉後的文章將自然顯出奇偉本色。可見，蘇軾對李文寄予厚望。如元豐三年（1080）〈答李方叔書〉：

> 惠示古賦近詩，詞氣卓越，意趣不凡，甚可喜也。但微傷冗，後當稍收斂之，今未可也。足下之文，正如川之方增，當極其所至，霜降水落，自見涯涘，然不可不知也。〔註26〕

元符三年（1100）北歸時〈答李方叔〉：

> 比年於稠人中，驟得張、秦、黃、晁及方叔、履常輩，意謂天不愛寶，其獲蓋未艾也。比來經涉世故，間關四方，更欲求其似，邈不可得。以此知人決不徒出，不有益於今，必有覺於後，決不碌碌與草木同腐也。〔註27〕

元祐元年八月，遷翰林學士知制誥。元祐三年（1088）正月二十一日領禮部貢舉事，方叔赴省試三月榜出，李廌見黜，他怪蘇軾不薦舉，蘇軾屢函慰勉。

〔註24〕同註4，卷四十九，頁1430～1431、卷五十三，頁1576～1582。

〔註25〕元・脫脫等編：《宋史》，（明成化十六年（1480）兩廣巡撫朱英刊嘉靖間南監修補本），卷四百四十四。

〔註26〕同註4，卷四十九，頁1430～1431。

〔註27〕同註4，卷五十三，頁1581。

〈答李方叔〉：

> 承示新文，如《子駿行狀》，半容雋狀，甚可貴也。有文如此，何憂不達，相知之久，當與朋友共之。至於富貴，則有命矣，非綿力所能必致。姑務安貧守道，使志業益充，自當有獲。鄙言拙直，久乃信爾，照察，幸甚。〔註28〕

〈與李方叔書〉：

> 累書見責以不相薦引，讀之甚愧。然其說不可不盡。君子之知人，務相勉於道，不務相引於利也。足下之文，過人處不少，如《李氏墓表》，及《子駿行狀》之類，筆勢翩翩，有可以追古作者之道。……私意猶冀足下積學不倦，落其華而成其實。深願足下為禮義君子，不願足下豐於才而廉於德也。若進退之際，不甚慎靜，則於定命不能有毫法增益，而於道德有丘山之損矣。古之君子，貴賤相因，先後相援，固多矣。軾非敢廢此道，平生相知，心所謂賢者則於稠人中譽之，或因其言以考其實，實至則名隨之，名不可掩，其自為世用，理勢固然，非力致也。陳履常居都下逾年，未嘗一至貴人之門，章子厚欲一見，終不可得。中丞傅欽之、侍郎孫莘老薦之，軾亦掛名其間。會朝多知履常者，故得一官，軾孤立言輕，未嘗獨薦人也。爵祿砥世，人主所專，宰相猶不敢必，而欲責於軾可乎？……近秦少游有書來，亦論足下近文益奇。明主求人如不及，豈有終汨沒之理！足下但信道自守，當不求自至。若不深自重，恐喪失所有。言切而盡，臨紙悚息。未即會見，千萬保愛。近夜眼昏，不一！不一！軾頓首。〔註29〕

蘇軾被李廌責怪卻不怨怒，反而不遺餘力獎掖後進，可見其對李廌的殷切期望。

二、詩書良友

1、王鞏〔約 1073 前後在世〕

蘇軾與王定國書牘四十一首。〔註30〕

鞏有雋才，長於詩，從蘇軾游。軾守徐州，鞏往訪之，與客游泗水，登

〔註28〕同註4，卷五十三，頁1578。
〔註29〕同註4，卷五十三，頁1420。
〔註30〕同註4，卷五十二，頁1513～1531。

艤山，吹笛飲酒乘月而歸，軾待之於黃樓上，謂鞏曰：「李太白死世，無此樂三百年矣。」軾得罪，鞏亦竄賓州數歲，得還豪氣不少挫。後歷宗正丞，以跌蕩傲世，每除官，輒爲言者所議，故終不顯。〔註31〕烏臺詩案主司攻擊他「恬有軾言，不以上報」，因「漏泄禁中語」，遠謫賓州（今廣西賓陽）監鹽酒。元豐三年（1080）正月，〈與王定國〉：

> 罪大責輕，得此甚幸，未嘗戚戚。但知識十數人，緣我得罪，而定國爲某所累尤深，流落荒服，親愛隔闊。每念至此，覺心肺間便有湯火芒刺。今得來教，既不見棄絕，而能以道自遣，無絲髮蒂芥，然後知定國爲可人，而不肖他日猶得以衰顏白髮廁賓客之末也。〔註32〕

王鞏因牽連被貶賓州，蘇軾深感內疚，後來得知定國不以流落爲戚戚，又恐他風情不節，所以寫信勸勉。〈與王定國〉：

> 如君美材多文，忠孝天稟，但不至死，必有用於時。雖賢者明了，不待鄙言。但目前日見可欲而不動心，大是難事。又尋常人失意無聊中，多以聲色自遣。定國奇特之人，勿襲此態。相知之深，不覺言語直突，恐欲知。他日不訝也。〔註33〕

元豐七年十二月，王鞏自賓州謫地歸。元豐八年三月五日，神宗崩。〈與王定國〉曰：

> 先帝升遐，天下所共哀慕，而不肖與公，蒙恩尤深，固宜作挽，少陳萬一。然有所不敢者爾，必深悉此意。無狀坐廢，眾欲置之死，而先帝獨哀之，而今而後，誰復出我於溝瀆者。已矣，歸耕沒齒而已。〔註34〕

元祐六年（1091）八月初五，蘇軾被詔以龍圖閣學士知穎州，二十二日到任。此時蘇軾覺得謗燄已熄，但王鞏仍十分消沉，蘇軾非常關心，於是寫信勸他。〈與王定國〉：

> 謗燄已息，端居委命，甚善，然所云百念灰滅，萬事懶作，則亦過矣。丈夫功名在晚節者甚多，定國豈愧古人哉！某未嘗求事，但事入手，即不以大小爲之。在杭所施，亦何足道，但無愧恨而已。過

〔註31〕元‧脫脫等編：《宋史》，（明成化十六年（1480）兩廣巡撫朱英刊嘉靖間南監修補本），卷三百二十。
〔註32〕同註4，卷五十二，頁1513～1514。
〔註33〕同註4，卷五十二，頁1516。
〔註34〕同註4，卷五十二，頁1522。

蒙示諭，慚汗。若使定國居此，所爲當便驚人，亦豈特止此而已。……
但靜以待之，勿令中塗齟齬，自然獲濟。如國手棋，不煩大段用意，
終局便須贏也。〔註35〕

這些信蘇軾寫出了自己的眞實想法，也能映襯王鞏的性格。

2、文同〔真宗天禧二年～神宗元豐二年（1018～1079）〕

蘇軾與文與可書牘十四首。〔註36〕

文同，字與可，梓州梓潼人，他是漢代蜀郡太守文翁的後裔，蜀人猶以
石室名其家，同方口秀眉，以學名世，操韻高潔，自號笑笑先生。文同在中
國畫史上首創不施勾勒的寫意墨竹畫，善詩、文、篆、隸、行、草、飛白。
文彥博守成都，奇之，致書同曰：「與可襟韻洒落，如晴雲秋月，塵埃不到。」
司馬光、蘇軾尤敬重之。軾，同之從表弟也。同又善畫竹，初不自貴重，四
方之人持縑素請者，足相躡於門，同厭之投縑於地，罵曰：「吾將以爲襪，好
事者傳之，以爲口實。」初舉進士，稍遷太常博士，集賢校理，知陵州，又
知洋州，元豐初知湖州，明年至陳州宛丘，驛忽留不行，沐浴衣冠，正坐而
卒。〔註37〕治平元年（1064），蘇軾二十九歲，在鳳翔任，正月與文同遇於岐
下，遂訂交。元豐元年（1078）四月，〈與文與可〉：

與可抱才不試，循道彌久，尚未聞大用。公議不厭，計當在即。然
廊廟間誰爲卬公議者乎？老兄既不計較，但乍失爲郡之樂，而有桂
玉之困，又卻不見使者嘴面，得失相乘除，亦略相當也。彭門無事，
甚可樂。但未知今夏得免水患否？〔註38〕

元豐二年正月，文同赴湖州任，病逝於宛丘驛（今河南淮陽）。

3、米芾〔仁宗皇祐三年～徽宗大觀元年（1051～1107）〕

蘇軾與米元章書牘二十八首。〔註39〕

米芾，初名黻，字元章，號襄陽漫士、海岳外史等。世居太原，後遷襄
陽，晚年定居潤州（今江蘇鎮江）。以母侍宣仁后藩邸舊恩補珰光尉，歷知雍

〔註35〕同註4，卷五十二，頁1524。
〔註36〕同註4，卷五十一，頁1511～1512；《蘇軾佚文彙編》卷二，頁2440～2447。
〔註37〕元・脫脫等編：《宋史》，（明成化十六年（1480）兩廣巡撫朱英刊嘉靖間南監
　　　修補本），卷四百二十六。
〔註38〕同註4，卷五十一，頁1511。
〔註39〕同註4，卷五十八，頁1777～1784。

丘縣、漣水軍，太常博士知無爲軍，徽宗時召爲書畫學博士，賜對便殿上其子友仁所作楚山清曉圖，擢禮部員外郎，出知淮陽軍。芾爲文奇險，不蹈襲前人軌轍，特妙於翰墨，沉著飛翥，得王獻之筆意，畫山水人物，自名一家，尤工臨移，至亂眞，不可辨。精於鑑裁，遇古器物書畫，則極力求取，必得乃已。王安石嘗摘其詩句書扇上，蘇軾亦喜譽之。冠服效唐人，風神蕭散，音吐清暢，所至人聚觀之，而好潔成癖，至不與人同巾器，所爲譎異，時有可傳笑者。無爲州治有巨石，狀奇醜，芾見大喜，曰此足以當吾拜具，衣冠拜之，呼之爲兄。又不能與世俯仰，故從仕數困。〔註40〕

元豐五年（1082），蘇軾謫居黃州時，三月，年二十二歲之米芾，因馬夢得之介，初會於雪堂，遂訂忘年之交。蘇軾非常贊賞他，可見於徽宗建中靖國元年（1101）六月，病中〈與米元章〉：

> 兩日來，疾有增無減。雖遷閫外，風氣稍清，但虛乏不能食，口殆不能言也。兒子於何處得《寶月觀賦》，琅然誦之，老夫臥聽之未半，躍然而起。恨二十年相從，知元章不盡，若此賦，當過古人，不論今世也。天下豈常如我輩瞶瞶耶！公不久當自有大名，不勞我輩說也。願欲與公談，則實未能，想當更後數日耶？〔註41〕

在舟中暑熱難耐，又寫信〈與米元章〉：「某昨日歸臥，逐夜。海外久無此熱，殆不堪懷。」〔註42〕對米芾念念不忘，寫信以示思念之忱。〈與米元章〉：

> 嶺海八年，親友曠絕，亦未嘗關念。獨念吾元章邁往凌雲之氣，清雄絕俗之文，超妙入神之字，何時見之，以洗我積歲瘴毒耶！今眞見之矣，餘無足言者。〔註43〕

米芾接信後即來探視，帶來麥門冬飲子及四枚古印請鑑賞，並將珍藏的太宗草聖及謝安兩帖，託請題跋，且約於明日宴飲。蘇軾病勢未能減輕，此時邁、迨二子去宜興未返，只有過隨侍在側，日夜照護。夜不成眠，端坐達旦，口渴多以河水冷飲解熱，沿途勞累，海外多年所積瘴毒，至此大作，終於初三午夜，突然暴瀉不止，直到翌晨，喝一碗黃耆粥，稍覺好些，即回信〈與米元章〉：「某兩日病不能動，口亦不欲言，但困臥爾。承示太宗草聖及

〔註40〕元·脫脫等編：《宋史》，（明成化十六年（1480）兩廣巡撫朱英刊嘉靖間南監修補本），卷四百四十四。
〔註41〕同註4，卷五十八，頁1781。
〔註42〕同註41。
〔註43〕同註4，卷五十八，頁1783。

謝帖，皆不敢於病中草草題跋，謹具馳納，俟少愈也。」〔註44〕

又：

> 某食則脹，不食則羸甚，昨夜通旦不交睫，端坐餇蚊子爾。不知今
> 夕如何度？示及古文，幸甚。謝帖未可輕跋，欲書數句，了無意思，
> 正坐老謬耳。眠食皆未佳，無緣遽束，當續拜簡。〔註45〕

又：

> 某昨日飲冷過度，夜暴下，旦復疲甚，食黃者粥甚美。臥閱四印奇
> 古，失病所在。明日會食，乞且罷。需稍健，或雨過脩然時也，印
> 卻納上。〔註46〕

與米芾最後一封信：「某一病幾不相見，今日始覺有絲毫之減，然未能作書也。」
〔註47〕

三、方外之交

（一）僧　侶

　　蘇軾對宦海浮沉，世情冷暖，在思想上，除奉儒外，還吸收佛老思想，
他的朋友也是儒、釋、道三家都交。紹聖二年，雜記中與惠誠云：「吳、越
多名僧，與予善者常十九。」〔註48〕《西湖遊覽志餘》：「蘇子瞻佐郡日，與
僧惠勤、惠思、清順、可久、惟肅、義詮，為方外之交，嘗同泛西湖。」〔註
49〕此外尚有在蜀的惟度、惟簡，在杭的辯才與參寥，及在京師十方淨因禪
院的大覺禪師懷璉；淨慈寺的圓照禪師、楚明長老；靈隱寺的知長老；佛日
寺的榮長老；徑山寺的維琳長老；梵天寺的守詮；祥符寺的維賢等。

　　1、大覺禪師懷璉〔真宗景德四年～哲宗元祐六年（1007～1091）〕
　　蘇軾與大覺禪師書牘三首。〔註50〕
　　大覺禪師懷璉，字器之，漳州陳氏子。仁宗皇祐二年，懷璉為廬山大德，

〔註44〕同註4，卷五十八，頁1782。
〔註45〕同註44。
〔註46〕同註43。
〔註47〕同註43。
〔註48〕同註4，卷七十二，頁2302。
〔註49〕明・田汝成輯撰：《西湖遊覽志餘・方外玄蹤》，（明嘉靖丁未（二十六年，1547）
　　　　刊，萬曆甲申（十二年，1584）浙江巡按范鳴謙修補本），卷十四。
〔註50〕同註4，卷六十一，頁1879～1880。

奉詔住持京師十方淨因禪院，仁宗召對化成殿，問佛法大意，奏對稱旨，賜
號：「大覺禪師」。治平二年，上書乞歸老山中，歸於四明阿育王山廣利寺。
他是蘇父洵的至交，蘇軾對他非常敬重。初次在京城時，曾隨父前往親近，
熙寧六年（1073），蘇軾三十八歲，時任杭州通判，無緣得見。爲捨禪月羅
漢事，寫信給璉師坦述因緣，以免見疑，可見當時尚未深交。如〈與大覺禪
師〉：

> 昨奉聞欲捨禪月羅漢，非有他也。先君愛此畫，私心以爲捨施，莫
> 如捨所甚愛，而先君所與厚善者莫如公，又此畫頗以靈異，累有所
> 覺於夢寐，不欲盡談，嫌涉怪爾，以此，亦不欲於俗家收藏。意只
> 如此，而來書乃見疑欲換金水羅漢，開書不覺失笑。〔註51〕

元祐四年（1089）七月三日，蘇軾到杭州任兩浙西路兵馬鈐轄知杭州軍
州事。元祐五年，聽說禪師爲小人所讒，幾乎使他不能安居廣利寺，蘇軾至
感驚憂。因與四明太守王文淵不熟，故特函請好友趙令畤（字德麟）代爲致
意，〈與趙德麟〉：

> 明守一書，託爲致之。育王大覺禪師，仁廟舊所禮遇。嘗見御筆賜
> 偈頌，其略云「伏睹大覺禪師」，其敬之如此。今聞其困於小人之
> 言，幾不安其居，可歎！可歎！太守聰明老成，必能安全之。願公
> 因語欵曲一言。正使凡僧，猶當以仁廟之故加禮，而況其人道德文
> 采推重一時乎？此老年八十二，若不安全，當使何往，恐朝廷聞之，
> 亦未必喜也。某方與撰《宸奎閣記》，旦夕附去，公若見此老，且
> 爲致意。〔註52〕

杭州與四明間，交通不甚方便，只好互通書信，以慰仰念之思。元祐五
年十二月二十日，〈與大覺禪師〉：

> 奉別二十五年，幾一世矣，會見無時，此懷可知。到此日欲奉書，
> 因循至今。辱書，具審起居安隱。南方耆舊彫落，惟明有老師，杭
> 有辯才，道俗所共依仰，蓋一時盛事。此來，時得從辯才游，老病
> 昏塞，頗有所警發，恨不得一見老師，更與鑽磨也。歲暮，山中苦
> 寒，千萬爲眾自重。〔註53〕

〔註51〕同註4，卷六十一，頁1879。
〔註52〕同註4，卷五十二，頁1544。
〔註53〕同註4，卷六十一，頁1879～1880。

　　二十五年前歸山時，四明信眾，相與出錢出力，籌建宸奎閣，此時其徒使前來對蘇軾說：「宸奎閣未有銘，君逮事昭陵，而與吾師游最舊，其可以詞。」於是即作「宸奎閣碑」。撰好後寫信給璉公：

> 要作《宸奎閣碑》，謹以撰成。衰朽廢學，不知堪上石否？見參寥說，禪師出京日，英廟賜手詔，其略云「任性住持」者，不知果有否？如有，切請錄示全文，欲添入此一節，切望子細錄到，即便添入。仍大字寫一本付侍者齎歸上石也，惟速爲妙。碑上別作一碑首，如唐以前制度。刻字額十五字，仍刻二龍夾之。碑身上更不寫題，古制如此。最後方寫年月撰人銜位姓名，更不用著立石人及在任人名銜。此乃近世俗氣，極不典也。下爲龜趺承之。請令知事僧依此。

〔註54〕

元祐六年正月，璉師在阿育王山本寺圓寂，世壽八十有四。

2、維琳長老〔仁宗景祐三年～？（1036～？）〕

蘇軾與徑山維琳書牘二首。〔註55〕

　　熙寧五年（1072）任杭州通判。七月，赴餘杭、臨安、徑山，巡視轄屬各縣，一路探訪民情。維琳是徑山寺的住持，從此成爲至交。建中靖國元年（1101），蘇軾詔赦北歸，旅次勞頓，身染重病。七月二十三日，獲悉徑山長老維琳，冒暑前來探視，對於方外至交的心意，驚歎不已！遂寫信請他於晚涼時對榻臥談。〈與徑山維琳〉：

> 臥病五十日，日以增劇，已頹然待盡矣。兩日始微有生意，亦未可必也。適睡覺，忽見刺字，驚歎久之。暑毒如此，豈耆年者出山旅次時耶？不審比來眠食何似？某扶行不過數步，亦不能久坐，老師能相對臥談少頃否？晚涼，更一訪，億甚，不謹。〔註56〕

二十五日，病況轉劇，但仍能寫短束給惟琳長老，置自身於度外，無我無私，一心唯望長老善保法體，爲佛、爲法、爲眾生廣爲度化。曰：

> 某嶺海萬里不死，而歸宿田里，遂有不起之憂，豈非命也夫！然生死亦細故爾，無足道者，惟爲佛爲法爲眾生自重。〔註57〕

〔註54〕同註4，卷六十一，頁1880。
〔註55〕同註4，卷六十一，頁1884～1885。
〔註56〕同註4，卷六十一，頁1884。
〔註57〕同註4，卷六十一，頁1885。

二十六日，維琳長老不遠千里前來探病，爲蘇軾說偈云：「扁舟駕蘭陵，目
換舊風物。君家有天人，雌雄維摩詰。我口答文殊，千里來問疾。若以偈相
答，露柱皆笑出。」聞偈後，〈答徑山琳長老〉絕筆詩云：「與君皆丙子，各
已三萬日。一日一千偈，電往那容詰。大患緣有身，無身則無疾。平生笑羅
什，神咒眞浪出。」〔註58〕蘇軾對待生死的坦然，能參透生死關，不愧是禪
宗所說的「善知識」。

3、辯才禪師〔真宗大中祥符二年～哲宗元祐六年（1009～1091）〕
蘇軾與辯才禪師書牘六首。〔註59〕

律宗辯才法師，姓徐，名元淨，字無象，浙江於潛人。生十年出家，二
十五賜紫衣及辯才號。沈遘知杭時，住持上天竺法善寺，法宇宏開，善信雲
集，堪稱浙西之冠。蘇軾與他相識於熙寧六年五月，通判杭州時，因次子迨
生三年不能行，遂命迨落髮於觀音座下，辯才摩頂爲祝，取名竺僧，不數日，
忽癒能行。

蘇軾在京時，與他常有書信來往，元祐初年，因朋黨紛爭，常乞郡外放，
寫信與禪師，如元祐三年，蘇軾五十三歲。〈與辯才禪師〉：「日望東南一郡，
庶幾臨老復聞法音。」〔註60〕蘇軾亦將辯才法師當家人看待，如函告迨近況，
元祐三年（1088），〈與辯才禪師〉：

> 某尚與兒子竺僧名迨於觀音前剃落，權寄緇褐，去歲明堂恩，已奏
> 授承務郎，謹與買得度牒一道，以贖此子。今附趙君齎納，取老師
> 意，剃度一人，仍告於觀音前，略祝願過。〔註61〕

他對辯才法師非常信任，元祐三年，蘇軾兄弟捐絹一百匹，函請辯師指
揮選匠監造地藏菩薩一尊。〈與辯才禪師〉：

> 某有少微願，須至仰煩，切料慈照必不見罪。某與舍弟某捨絹一百
> 疋，奉爲先君霸州文安縣主簿累贈中大夫、先姚武昌郡太君程氏，
> 造地藏菩薩一尊，并座及侍者二人。菩薩身之大小，如中形人，所
> 費盡以此絹而已。若錢少即省鏤刻之工可也。乞爲指揮選匠便造，

〔註58〕宋‧蘇軾撰，楊家駱主編：《蘇東坡全集》，（臺北：世界書局，民國85年2
月），上冊，頁508。
〔註59〕同註4，卷六十一，頁1857～1859。
〔註60〕同註4，卷六十一，頁1857。
〔註61〕同註60。

造成示及，專求便船迎取，欲京師寺中供養也。煩勞神用，愧悚不
已。〔註62〕

元祐六年八月二十二日蘇軾到穎州任，一到任所，即寫信〈與辯才禪師〉：

別來思仰日深，比來道體何如？某幸於鬧中抽頭，得此閑郡，雖未
能超然遠引，亦退老之漸也。思企吳越諸道友及江山之勝，不去心。
或更送老請會稽一次，老師必能爲此一郡道俗少留山中，勿便歸安
養，不肖更得少接清游，何幸如之。惟千萬保重。〔註63〕

九月無疾而終，享壽八十二歲。蘇軾命弟爲塔名，自制文請託參寥祭祀，可
見蘇軾對他的尊重。

4、參寥禪師〔世壽不詳〕

蘇軾與參寥子書牘二十一首。〔註64〕

釋道潛，本名曇潛，號參寥子，俗姓何，浙江於潛（今浙江臨安縣）浮
溪村人。爲大覺懷璉之法嗣，世壽不詳，一說徽宗崇寧五年入寂。

熙寧七年（1074），蘇軾三十九歲。在杭州任，八月以捕蝗至臨安、於
潛、新城，至於潛遊西普山明智院，初識參寥。蘇軾很高興與參寥爲友，從
他給秦觀及文與可信中可得知。熙寧八年〈答秦太虛〉：「參寥眞可人，太虛
所與之，不妄矣。」〔註65〕元豐元年（1078）〈與文與可〉：「近有一僧名道
潛，字參寥，杭人也。特來相見。詩句清絕，可與林逋相上下，而通了道義，
見之令人蕭然。」〔註66〕元豐元年九月，蘇軾知徐州，參寥遠自杭州往謁，
住逍遙堂，停留約三個月離去，參寥一走，蘇軾內心愁悵，終日思念這難得
的詩僧。十二月，〈與參寥子〉：

別來思企不可言，每至逍遙堂，未嘗不悵然也。爲書勤勤不忘如此。
仍審比來法體康佳，感服兼至。三詩皆清妙，讀之不釋手，且和一
篇爲答。〔註67〕

蘇軾非常贊賞參寥的詩，如元豐三年〈與參寥子〉：

見寄數詩及近編詩集，詳味，灑然如接清顏聽軟語也。……筆力愈

〔註62〕同註4，卷六十一，頁1857～1858。
〔註63〕同註4，卷六十一，頁1858。
〔註64〕同註4，卷六十一，頁1859～1868。
〔註65〕同註4，卷五十二，頁1534。
〔註66〕同註4，〈蘇軾佚文彙編〉卷二，頁2446。
〔註67〕同註4，卷六十一，頁1859。

老健清熟，過於向之所見，此於至道，殊不相妨，何爲廢之耶？當更磨揉以追配彭澤。〔註68〕

元符元年（1098）十二月，〈與參寥子〉：

老師年紀不小，尚留情句畫間爲兒戲事耶？然此回示詩，超然眞遊戲三昧也。……雪浪齋詩尤奇瑋，感激！感激！〔註69〕

蘇軾謫居黃州時，思念參寥之情，見於元豐三年八月，〈與參寥子〉：

去歲倉卒離湖，亦以不一別太虛、參寥爲恨。留語於僧官，不識能道否？到黃已半年，朋游稀少思念二公不去心。……僕罪大責輕，謫居以來，杜門念咎而已。平生親識，亦斷往還，理固宜爾。而釋、老數公，乃復千里致問，情義之厚，有加於平日，以此知道德高風，果在世外也。〔註70〕

又：

予謫居黃州，辯才、參寥遣人致問，……時去中秋不十日，秋潦方漲，水面千里，月出房、心間，風露浩然。所居去江無十步，獨與兒子邁棹小舟至赤壁，西望武昌，山谷喬木蒼然，雲濤際天。〔註71〕

元祐五年（1090），孤山重建智果院，蘇軾邀請於潛天目山詩僧參寥來杭住持該院。元祐六年九月，辯才大師，無疾而終，寫信給參寥請代爲致祭：「辯才逐化去，雖來去本無，而情鍾我輩，不免悽愴也。今有奠文一首，并銀二兩，託爲致茶果一奠之。」〔註72〕紹聖元年閏四月三日，坐前掌制命，語涉譏訕，落端明殿學士兼翰林侍讀學士，依前左朝奉郎，責知英州。心情孤寂只有向知交傾吐，五月〈與參寥子〉：

某垂老再被嚴譴，皆愚自取，無足言者。事皆已往，譬之墜甑，無可追。計從來奉養陋薄，稟入雖微，亦可供饘糲。〔註73〕

元符元年（1098）十二月，參寥遣一沙彌，攜帶書信、醫藥和許多日用品，跋涉山川，渡海來到昌化，拜見蘇軾，並說禪師將要親自前來探望。蘇

〔註68〕 同註4，卷六十一，頁1860。
〔註69〕 同註4，卷六十一，頁1865。
〔註70〕 同註4，卷六十一，頁1859～1860。
〔註71〕 同註4，卷六十一，頁1860～1861。
〔註72〕 同註4，卷六十一，頁1861。
〔註73〕 同註4，卷六十一，頁1863。

軾聞言，至爲感動。然海外情境，絕非內陸可比，故萬分誠懇地覆書託人帶回，勸阻其勿來。〈與參寥子〉：

> 轉海相訪，一段奇事。但聞海舶遇風，如在高山上墜深谷中。非愚
> 無知與至人，皆不可處，胥靡遺生，恐吾輩不可學。若是至人無一
> 事，冒此險做甚麼？千萬勿萌此意。穎師喜於得預乘桴之游耳。所
> 謂無所取材者，其言不可聽，切切！相知之深，不可不盡道其實爾。
> 自揣餘生，必須相見，公但記此言，非妄語也。〔註74〕

建中靖國元年（1101），詔赦北歸，六月下旬，舟抵毗陵，蘇軾一家寓於顧塘橋孫宅。上表告老，朝廷詔准以本官致仕。舟至湞陽峽途中，才接到被任命爲提舉成都玉局觀的詔旨。此時，參寥由杭州西湖智果禪院遣專使前來問訊，蘇軾即作書答謝：

> 某病甚，幾不相見，兩日乃微有生意。書中旨意一一領，但不能多
> 書歷答也。見知識中病甚垂死，因致仕而得活者，俗情不免效之，
> 果若有應，其他不恤也。〔註75〕

蘇軾對平生親友，亦斷往來，能與參寥交往到晚年，彼此慰藉，眞是難能可貴。

5、佛印禪師

蘇軾與佛印書牘十二首。〔註76〕

佛印禪師，原名謝端卿，法名了元，字覺老，臨安人。住雲居四十餘年，德洽緇素。蘇軾謫居黃州時，了元住持廬山歸宗寺，始相與酬作章句。神宗元豐五年（1082）五月，佛印遣專使持書到黃州問訊，正好蘇軾在棲賢偃禪師處得其手教，感念盛情，遂以所得怪石二百九十八枚、古銅盆一個，並作怪石供一首，覆書以爲供養。〈與佛印〉：

> 歸宗化主來，辱書，方欲裁謝，棲賢偃師處又領手字，眷與益勤，
> 感祚無量。數日大熱，緬想山間方適清和，法體安穩。雲居事跡已
> 領，冠世絕境，大士所廬，已難下筆，而龍君筆勢，已自超然，老
> 拙何以加之。幸少寬假，使得款曲抒思也。昔人一涉世事，便爲山
> 靈勒回俗駕，今僕蒙犯塵垢，垂三十年，困而後知返，豈敢便點浣

〔註74〕同註4，卷六十一，頁1865～1866。
〔註75〕同註4，卷六十一，頁1868。
〔註76〕同註4，卷六十一，頁1868～1871。

名山！而山中高人皆未相識，而迎許之，何以得此，豈非宿緣也哉。〔註77〕

又：

收得美石數百枚，戲作《怪石供》一篇，以發一笑。開卻此例，山中齋粥今後何憂，想復大笑也。更有野人於墓中得銅盆一枚，買得以盛怪石，并送上結緣也。〔註78〕

元豐七年九月，蘇軾由黃州遷徙汝州，途經金山，時了元爲金山寺住持，相見極歡，諸多感慨，曾以玉帶施捨。哲宗元祐二年（1087），朝廷對了元以叢林規矩接待高麗來訪和尚義天，頗知大體，賜號「佛印」。〈與佛印禪師〉：

久不奉書，忽辱惠教，且審徂署戒體輕安。承有金山之召，應便領徒東來，叢林法席，得公臨之，與長蘆對峙，名壓淮右，豈不盛哉！

渴聞至論，當復咨叩。惟早趣裝，途中善愛。〔註79〕

佛印常用禪學開導蘇軾，因此蘇軾能在謫居期間處之泰然，可見受佛印影響很大。

（二）道　友

蘇軾小學時以天慶觀道士張易簡爲師，深受老師影響，所以從小崇道，如在惠州〈與王庠〉：「軾少時本欲逃竄山林，父兄不許，迫以婚宦，故汩沒至今。」〔註80〕蘇軾身體早衰，所以想求助於學道養生。他到處結交道士，如在徐州與精於道術的道士張天驥交往，可由〈徐州與人〉信中看出：

州人張天驥，隱居求志，上不違親，下不絕俗，有足嘉者。近卜居雲龍山下，憑高遠覽，想盡一州之勝。當與君一醉，他日慎勿匆匆去也。〔註81〕

在惠州時與道士劉宜翁交往，他養生有術，蘇軾很崇拜他，談及崇道之事。〈與劉宜翁使君書〉：

軾齠齔好道，本不欲婚宦，爲父兄所強，一落世網，不能自逭，然未嘗一念忘此心也。今遠竄荒服，負罪至重，無復歸望。杜門屏居，

〔註77〕同註4，卷六十一，頁1868。

〔註78〕同註4，卷六十一，頁1868～1869。

〔註79〕同註4，卷六十一，頁1871。

〔註80〕同註4，卷六十，頁1820。

〔註81〕同註4，卷六十，頁1845。

寢飯之外，更無一事，胸中廓然，實無荊棘。竊謂可以受先生之道，
故託里人任德公親致此懇。古之至人，本不吝惜道術，但以人無受
道之質，故不敢輕付之。軾雖不肖，竊自謂有受道之質三，謹令德
公口陳其詳。伏料先生知之有素，今尤哀之，想見聞此，欣然拊掌，
盡發其秘也。……或有外丹已成，可助成梨棗者，亦望不惜分惠。
迫切之誠，真可憫笑矣。〔註82〕

蘇軾從小就想入山求仙得道。《史記‧封禪書》云：「少君言上曰：『臣常游
海上，見安期生，安期生食巨棗，大如瓜。安期生僊者，通蓬萊中，合則見
人，不合則隱』」蘇軾對仙棗希望有緣求得，在徐州〈與蒲廷淵〉：

河中永洛出棗，道家所貴，事見《真誥》。唐有道士侯道華，嘗得
無核者三，食之後，竟竊鄧太主藥上昇。君到彼，試求之，但恐得
之不偶然，非力求所能致耳。〔註83〕

蘇軾結交精於道術的道友，在黃州認識陸惟忠，後又見之於惠州。據〈書陸
道士詩〉可知：

別陸道士惟忠，字子厚，眉山人。好丹藥，通術數，能詩，蕭然有
出塵之姿。久客江南，無知之者。予昔在齊安，蓋相從游，因是謁
子由高安，子由大賞其詩。會吳遠遊之過彼，遂與俱來惠州，出此
詩。〔註84〕

紹聖三年〈與陸子厚〉：

別來歲月乃爾許也，涉世不已，再罹憂患，但知自哂爾。感君不遺，
手書殷勤如此，且審道體安休，喜慰之極。惠州凡百不惡，杜門養
痾，所獲多矣。念君棄家求道二十餘年，不見異人，當得異書。見
許今春相訪，果能踐言，何喜如之。舊過廬山，見蜀道士馬希言，
似有所知。今爲何在，曾與之言否？黃君高人，與世相忘者，如某
與舍弟，何足以致之。〔註85〕

　　蘇軾在嶺南交游的道友很多，有鄧道士、賈道士、眇道士、何道士、海
上道人，還有學道的陳守道、吳子野等，這裡只選擇與蘇軾交情深的略作介

〔註82〕同註4，卷四十九，頁1415～1416。
〔註83〕同註4，卷六十，頁1819。
〔註84〕同註4，卷六十七，頁2123。
〔註85〕同註4，卷六十，頁1853。

紹。

1、吳道士（名復古，字子野，一字遠游，揭陽人。）

蘇軾答吳子野書牘七首。〔註86〕

從蘇軾給吳道士兒子的信中，可知他們的交情。紹聖元年（1094）十月在惠州〈與吳秀才〉：

> 與子野先生游，幾二十年矣。始以李六丈待制師中之言，知其爲人。李公人豪也，於世少所屈伏。獨與子野書云：「白雲在天，引領何及。」而子野一見僕，便論出世間法，以長生不死爲餘事，以練氣服藥爲土苴耳。僕雖未能行，然喜誦其言，嘗作《論養生》一篇，爲子野出也。近者南遷，過眞、揚間，見子野無一語及得喪休戚事，獨謂僕曰：「邯鄲之夢，猶足以破妄而歸眞，子今目見而身履之，亦可以少悟矣。」夫南方雖號爲瘴癘地，然死生有命，初不由南北也，且許過我而歸。自到此，日夜望之。忽得來教，乃知子野尚在北，不遠當來赴約也。〔註87〕

信中可見，蘇軾與吳子野交游達二十年之久，及吳道士勸他早日看破紅塵，安心修道求仙。

2、鄧道士

蘇軾與鄧安道書牘四首。〔註88〕

蘇軾在嶺南交遊道士很多，但其中與羅浮道士鄧守安交情頗深。鄧道士的品行，可見於紹聖三年（1096）十一月，〈與王敏仲〉：「羅浮山道士鄧守安，字道立，山野拙訥，然道行過人，廣、惠間敬愛之。好爲勤身濟物之事。」〔註89〕蘇軾向鄧道士學道，想求煉外丹，可見於紹聖二年三月，〈與程正輔〉：

> 某前日留博羅一日，再見鄧道士，所聞別無異者，方欲邀來郡中欵問也。續寄丹砂已領，感愧之極。某於大丹未明了，直欲以此砂試煮煉，萬一伏火，亦恐成藥爾。〔註90〕

紹聖二年四月鄧道士來訪，蘇軾招待他兩個月，發現並無奇術，但仍很

〔註86〕同註4，卷五十七，頁1734～1737。
〔註87〕同註87，頁1738。
〔註88〕同註4，卷六十，頁1854～1855。
〔註89〕同註4，卷五十六，頁1692。
〔註90〕同註4，卷五十四，頁1599。

尊重他。於〈與程正輔〉：

> 鄧道士州中住兩月，已歸山。究其所得，亦無他奇，但歸根寧極，
> 造次顛倒，心未嘗離爾。此士信能力行，又篤信不欺，常欲損己濟
> 物，發於至誠也。知之！知之！〔註91〕

第三節　政治類

宋太祖趙匡胤，爲謀求天下之統一與太平，以文統治天下，以文教奬掖
民心，且接受收蜀、南唐之文化，鼓勵學藝發展，訂定不殺大臣與諫官之制，
促使宋代輿論自由，文化普及，文風特熾；又因朝廷以寬大養士人之正氣，
以是士大夫忠節相望，影響社會民心；文物之盛，道德仁義之風，可謂凌駕
漢、唐，媲美三代。可見國家之興衰，完全取決於政治之隆污，而政治之隆
污，又必繫於社會風氣和人心之振靡。故於嘉祐二年，〈上韓太尉書〉：

> 及壯大，不能曉習時事，獨好觀前世盛衰之跡，與其一時風俗之變。
> 自三代以來，頗能論著。以爲西漢之衰，其大臣守尋常，不務大略。
> 東漢之末，士大夫多奇節，而不循正道。……古之君子，剛毅正直，
> 而守之以寬，忠恕仁厚，而發之以義。故其在朝廷，則士大夫皆自
> 洗濯磨淬，戮力於王事，而不敢爲非常可怪之行，此三代王政之所
> 由興也。〔註92〕

蘇軾從小就有經國濟世的抱負，嘉祐三年服母喪期間，曾去成都，拜訪
長官王素〔眞宗景德四年～神宗熙寧六年（1007～1073）〕，他是一位耿介之
吏，「慶曆新政」的中堅分子。蘇軾謁見王素後，對他寄以厚望，於〈上知府
王龍圖書〉：

> 國家蓄兵以衛民，而賦民以養兵，此二者不可以有所厚薄也。然而薄
> 於養兵者，其患近而易除，厚於賦民者，其憂遠而難救。故夫庚子之
> 小變，起於兵離，而甲午之大亂，出於民怨。由此觀之，固有本末也，
> 而爲政者，徒知畏其易除之近患，而不知畏其難救之遠憂，而有志於
> 民者，則或因以生事，非當世大賢，孰能使之兩存而皆濟？……今之
> 饑者待公而食，寒者待公而衣，凡民之失其所者，待公而安。……伏

〔註91〕同註90，頁 1605。
〔註92〕同註4，卷四十八，頁 1381～1382。

惟明公以高世之才，何施而不可，惟無忽其所以爲易，而深思其所難
者而稍加意焉，將天下被其澤，而何蜀之足云。〔註93〕

太宗淳化五年甲午（994），四川爆發王小波，李順起事，是出於民怨。
因此，四川人民，飢者待公而食，寒者待公而衣，失其所者待公而安，他對
王素寄以厚望，希望他權衡「蓄兵以衛民」與「賦民以養兵」的關係，可免
憂患，由此可知蘇軾關切國事的用心。

嘉祐五年（1060），時詔求直言之士，歐陽脩以才識兼茂薦。嘉祐六年，
秘閣試六論，對策皆入三等。其進策共二十五篇，分策略五篇：自立自強、
專人待虜、立法與任人、開功名之門、深結民心；策別一十七篇：課百官六
篇、安萬民六篇、厚貨財二篇、訓兵旅三篇；策斷三篇。嘉祐八年，任鳳翔
簽判，撰極論民生國是的兩篇文章，一是〈思治論〉，二是〈上韓魏公論場務
書〉。嘉祐八年三月二十九日，仁宗崩，韓琦爲山陵使，蘇軾花了五個月來應
付修陵攤派的木材，眞是勞民傷財。

蘇軾見鳳翔一經元昊之變，冰消火燎之後，十不存三四。今之所謂富民
者，嚮之僕隸也；今之所謂蓄聚者，嚮之殘棄也。是以上書韓相，請免衙前
之役，議以官賣與民，使民免於困窮。〈上韓魏公論場務書〉：

軾官於鳳翔，見民之所畏者，莫若衙前之役，自其家之甕盎釜甑以
上計之，長役及十千，鄉戶及二十千，皆占役一分。所謂一分者名
爲靡錢，十千可辦，而其實皆十五六千，而多者不可勝計也。科役
之法，雖始於上戶，然至於不足，則遞取其取，最下至於家貲及二
百千者，於法皆可科。自近歲以來，凡所科者，鮮有能大過二百千
者也。夫爲王民自甕盎釜甑以上計之，而不能滿二百千，則何以爲
民。今也及二百千則不免焉，民之窮固，亦可知矣。……方今山陵
事起，日費千金，軾乃於此時議以官榷與民，其爲迂闊取笑可知矣。
然竊以爲古人之所以大過人者，惟能於擾攘急迫之中，行寬大閒暇
久長之政，此天下所以不測而大服也。朝廷自數十年以來，取之無
術，用之無度，是以民日困，官日貧，一旦有大故，則政出一切，
不復有所擇，此從來不革之過，今日之所宜深懲而永慮也。〔註94〕

蘇軾飽讀儒學，因而此上書正符合《荀子‧富國篇》云：「輕田野之稅，平關

〔註93〕同註4，卷四十八，頁1388～1389。
〔註94〕同註4，卷四十八，頁1394～1395。

市之征，省商賈之數，罕興力役，無奪農時，如是，則國富矣。夫是之謂以政裕民。」又《荀子・王制篇》云：「勿違農時：春耕、夏耘、秋收、冬藏。四者不失其時。」蘇軾請免衙前役，減輕賦稅，可藏富於民。

　　他在鳳翔時，很多人由於積欠官府債務而冤枉被關，蘇軾堅決主張釋放積債的人，朝廷知道人民苦衷，都赦無辜，然貪官污吏借此勒索，有錢判生，無錢判死。如在〈上蔡省主論放欠書〉：

> 軾於府中，實掌理欠。自今歲麥熟以來，日與小民結爲嫌恨，鞭笞璅繫，與縣官日得千百錢，固不敢憚也。彼寔侵盜欺官，而不以時償，雖日撻無愧，然其間有甚足悲者，或管押竹木風水之所漂，或主持糧斛歲久之所壞，或布帛惡弱佑剝以爲虧官，或糟滓潰爛，紐計以爲實欠；或未輸之贓，責於當時主典之吏；或敗折之課，均於保任干繫之家。官吏上下，舉知其非辜，而哀其不幸。迫於條憲，勢不得釋，朝廷亦深知其無告也，是以每赦必及焉。凡今之所追呼鞭撻日夜不得休息者，皆更數赦，遠者六七赦矣。問其所以不得釋之狀，則皆曰：「吾無錢以與三司之曹吏。」以爲不信，而考諸舊籍，則有事同而先釋者矣，曰：「此有錢者也」嗟夫！天下之人以爲言出而莫敢逆者，莫若天子之詔書也。今詔書且已許之，而三司之曹吏獨不許，是猶可忍邪？伏惟明公獨斷而力行之，使此二百二十五家，皆得歸安其藜糗，養其老幼，日晏而起，吏不至門，以歌詠明公之德，亦使赦書不爲空言而無信者，干冒威重，退增恐悚。〔註95〕

蘇軾主張政治應以民生爲中心，此書認爲負政治責任的人應該重視民生，以民之饑渴爲己之饑渴，以此心情爲民服務，就是仁政之始，顯示了蘇軾雄才大略的政治家風範。

　　熙寧七年十一月初三，到密州任。到任二十餘日，眼見此地人民貧窮，連年旱災，又逢蝗害，以致處處流離飢饉，而盜賊蜂起，唯恐動搖國本。初爲太守，惻隱之心油然而生，決定爲民請命。上奏朝廷，極言天災人禍之慘重，應宜行仁政，以紓民困。建議政府捐免稅收，袪除新法（青苗法、手實法），請罷榷鹽，及善理盜賊。〈上韓（絳）〔？眞宗大中祥符五年～哲宗元祐三年（1012～1088）〕丞相論災傷手實書〉：

> 自入境見民以蒿蔓裹蝗蟲而瘞之道左，纍纍相望者，二百餘里，捕

〔註95〕同註4，卷四十八，頁1405～1406。

殺之數，聞于官者幾三萬斛。然吏皆言蝗不爲災，甚者或言爲民除
草。使蝗果爲民除草，民將祝而來之，豈忍殺乎？軾近在錢塘，見
飛蝗自西北來，聲亂浙江之濤，上翳日月，下掩草木，遇其所落，
彌望蕭然。此京東餘波及淮浙者耳，而京東獨言蝗不爲災，將以誰
欺乎？郡已上章詳論之矣。願公少信其言，特與量蠲秋稅，或與倚
閣青苗錢。疏遠小臣，腰領不足以薦鈇鉞，豈敢以非災之蝗上周朝
廷乎？若必不信，方且重復檢按，則饑羸之民，索索之於溝壑間矣。
且民非獨病旱蝗也。〔註96〕

蘇軾一到密州即本愛民之心，親自下田投入滅蝗活動，還立刻上書丞相，請
求免秋稅，或貸青苗錢，以資助受災群眾，拯救人民於蝗災。這種只要對百
姓有利的事，就急速行動，且不顧自身毀謗，痛斥腐官庸吏，其爲官的政治
品格，令人敬佩。

　　熙寧七年（1074），參知政事呂惠卿獻議曰：免役出錢，或未均，出簿法
之不善，按戶令豐實者，令人自具其丁口田宅之實也。宜倣手實之意，使人
戶自占家業，若有刊匿，即用隱寄產業賞告之法，庶得其實。此法爲防止百
姓少報財產，獎賞告其不實者，本意雖爲公平計，然破壞人際感情，蘇軾極
力反對，對告密行徑深惡痛絕，認爲會敗壞社會風氣。蘇軾十一月三日到密
州任，到郡二十餘日即〈上韓丞相論災傷手實書〉：

今又行手實法，雖其條目委曲不一，然大抵恃告訐耳。昔之爲天下者，
惡告訐之亂俗也，故有不干己之法，非盜及強姦不得捕告。其後稍稍
失前人之意，漸開告訐之門。而今之法，揭賞以求人過者，十常八九。
夫告訐之人，未有非凶姦無良者。異時州縣所共疾惡，多方去之，然
後良民乃得而安。今乃以厚賞招而用之，豈吾敦化、相公行道之本意
歟？凡爲此者，欲以均出役錢耳。免役之法，其經久利病，軾所不敢
言也，朝廷必欲推而行之，尚可擇其簡易爲害不深者。軾以爲定簿便
當，即用五等古法，惟第四等、五等分上、中、下。昔之定簿者爲役，
役未至，雖有不當，民不爭也，役至而後訴耳，故簿不可用。今之定
簿者爲錢，民知當戶出錢也，則不容有大繆矣。其名次細別，或未盡
其詳，然至於等第，蓋已略得其實。軾以爲如是足矣，但當先定役錢

〔註96〕同註4，卷四十八，頁1395～1396。

所須幾何，預爲至少之數，以賦其下五等。〔註97〕

　方田均稅法是爲防止大地主隱瞞田產，賦稅不均，決定丈量田地，按土壤肥瘠規定稅額。〈上韓丞相論災傷手實書〉：

　　方田均稅之患，行道之人舉知之。稅之不均也久矣，然而民安其舊，無所歸怨。今乃用一切之法，成於旬月之間，奪甲與乙，其不均又甚於昔者，而民之怨始有所歸矣。〔註98〕

　蘇軾本著仁心仁政的胸襟，關懷河北京東的民生，旱蝗災害頻仍，連年歉收，人民流離飢饉，甚而飢民起爲盜。當時政府爲增加稅收，決定對河北也課以榷鹽，他也爲愛護國家，唯恐素爲強悍的飢民，蜂起爲盜賊，以致動搖國本，乃殫精竭力地上書表示反對之意，希望收回成命，以紓民困。如〈上韓丞相論災傷手實書〉：

　　軾在錢塘，每執筆斷犯鹽者，未嘗不流涕也。自到京東，見官不賣鹽，獄中無鹽囚，道上無遷鄉配流之民，私竊喜幸。近者復得漕檄，令相度所謂王伯瑜者欲變京東、河北鹽法置市易鹽務利害，不覺慨然太息也。密州之鹽，歲收稅錢二千八百餘萬，爲鹽一百九十餘萬秤，此特一郡之數耳。所謂市易鹽務者，度能盡買此乎？苟不能盡，民肯捨而不煎，煎而不私賣乎？頃者兩浙之民，以鹽得罪者，歲萬七千人，終不能禁。京東之民，悍於兩浙遠甚，恐非獨萬七千人而已。縱使官能盡買，又須盡賣而後可，苟不能盡，其存者與糞土何異，其害又未可以一二言也。願公救之於未行，若已行，其孰能已之？

　　〔註99〕

　宋代在財政方面實行中央集權，禁榷制度、兩稅法和代役稅制，是宋朝的重要財源。宋代禁榷制度達到中國歷史上最興盛的階段。禁榷商品計有鹽、酒、茶、礬、部分香料、部分藥品等，所以禁榷制度給宋朝財政帶來巨大收益。論榷鹽，謂禍莫大於作始。〈上文侍中論榷鹽書〉：

　　軾以爲陝西之鹽，與京東、河北不同。解池廣袤不過數十里，既不可捐以予民，而官亦易以籠取。青鹽至自虜中，有可禁止之道，然猶法存而實不行。城門之外，公食青鹽。今東北循海皆鹽也，其欲

〔註97〕同註4，卷四十八，頁1396。
〔註98〕同註97。
〔註99〕同註4，卷四十八，頁1397。

> 籠而取之，正與淮南、兩浙無異。……東北之人，悍於淮、浙遠甚，
> 平居榷剝之姦，常甲於他路，一旦榷鹽，則其禍未易以一二數也。
> 由此觀之，祖宗以來，獨不榷河北鹽者，正事之適宜耳。何名爲誤
> 哉！且榷鹽雖有故事，然要以爲非王政也。陝西、淮、浙既未能罷，
> 又欲使京東、河北隨之，此猶患風痺人曰，吾左臂既病矣，右臂何
> 爲獨完，則以酒色伐之，可乎？〔註100〕

官鹽之害在「本輕利重」，朝廷稅收固然重要，但逼迫人民爲盜匪，一意孤行，必失民心，故爲民上書，求收回成命，使民不致被迫爲盜。盜賊之起，皆迫於飢寒。議者欲增開告賞之門，申嚴緝捕之法，但都沒有應得的效果。蘇軾認爲積極方面，捐免稅收，停罷榷鹽，及袪除新法之害民者，以舒民困，減緩因飢寒而爲盜。消極方面，對付凶殘之黨，樂禍不悛者以峻刑從事，絕不苟息。而逮捕強盜者有獎金，做到信賞必罰，後來基於災傷之歲，下旨減半，遂失獎勵之意，盜賊亦必更猖獗。蘇軾深以爲憂，於〈上文侍中論強盜賞錢書〉：

> 自軾至此，明立購賞，隨獲隨給，人用競勸，盜亦斂跡。準法，獲
> 強盜一人至死者，給五十千，流以下半之。近有旨，災傷之歲，皆
> 降一等。既降一等，則當復減半，自流以下，得十二千五百而已。
> 凡獲一賊，告與捕者，率常不下四五人，不勝則爲盜所害，幸而勝，
> 則凡爲盜者舉讎之。其難如此。而使四五人者分十二千五百以捐其
> 軀命可乎？朝廷所以深惡強盜者，爲其志不善，張而不已，可以馴
> 致勝、廣之資也。由此言之，五十千豈足道哉！夫災傷之歲，尤宜
> 急於盜賊。今歲之民，上戶皆闕食，冬春之交，恐必有流亡之憂。
> 若又縱盜而不捕，則郡縣之憂，非不肖所能任也。〔註101〕

蘇軾忠君愛民的心，一到密州知其民瘼，先是積極求免稅、罷榷鹽，以除新法害民之實，再以消極方法重賞緝盜，盜賊之起，乃饑寒起盜心，故竭盡爲民效力，以施仁政。

元豐三年（1080），四川瀘州一帶少數民族叛亂，瀘州知州喬敘於乞弟之亂中，全軍覆沒。朝廷派韓存寶去鎮壓乞弟，韓存寶不敢與乞弟戰，並以金帛賄賂乞弟，要乞弟送一封空降書，就上表稱說已平定乞弟之亂，朝廷察知韓存寶的欺騙行爲，逮捕處死。蘇軾很關心邊安問題，元豐五年，〈與滕達道

〔註100〕同註4，卷四十八，頁 1400。
〔註101〕同註4，卷四十八，頁 1398。

書〉：「西事得其詳乎？雖廢棄，未忘爲國家慮也。」〔註102〕蘇軾論叛蠻乞弟事，討平方略主張利用各邊境民族統治階層內部的矛盾，聯合各邊境民族來共同討伐乞弟之亂。元豐三年，〈答李琮書〉：

> 今欲討乞弟，必先有以懷結近界諸夷，得其心腹而後可。……但言乞弟不過有兵三千，而官軍無慮三萬，何往而不克。……今日之策，可且罷諸將兵，獨精選一轉運使及一瀘州知州，許法外行事……出入山谷，耐辛苦瘴毒，見利則雲合，敗則鳥獸散，此本蠻夷之所長，而中原之所無奈何也。……今乞弟譬猶蚤蝨也。克之未足以威四夷，萬一不克，豈不爲卿大夫之辱也哉？……今可募蠻夷使自相攻，轉輸金帛，以爲其資。有能反間致頭首者，許以封侯之賞。因舉祝良爲九眞太守，張喬爲交趾刺史，由此嶺外悉平。……此非公職事，然孜孜尋訪如此，以見忠臣體國，知無不爲之義也。軾其可以罪廢不當言而止乎？雖然，亦不可使不知我者見以爲詬病也。〔註103〕

遣兵之擾如此，可不謹哉！元豐四年四月，上書給宰相文彥博。蘇軾在黃州，不得簽書公事，但心中時掛念民生，在徐州時，見盜賊爲患嚴重的情況，都記錄下來，於〈黃州上文潞公書〉：

> 軾在徐州時，見諸郡盜賊爲患，而察其人多凶俠不遜，因之以饑饉，恐其憂不止於竊攘剽殺也，輒草具其事上之。會有旨移湖州而止。家所藏書，既多亡軼，而此書本以爲故紙糊籠篋，獨得不燒，籠破見之，不覺惘然如夢中事，輒錄其本以獻。軾廢逐至此，豈敢復言天下事，但惜此事粗有益於世，既不復施行，猶欲公知之，此則宿昔之心掃除未盡者也。公一讀訖，即燒之而已。〔註104〕

元豐五年（1082）正月，住在武昌的同鄉王天麟過江來訪，閑聊中，提及岳鄂鄉間諱養女而有溺女嬰的壞風俗，聽後至感辛酸，食不下嚥。即書告鄂守朱壽昌，使立賞罰，嚴令各地方官吏執行，俾得移風易俗。〈與朱鄂州書〉：

> 願公明以告諸邑令佐，使召諸保正，告以法律，諭以禍福，約以必行，使歸轉以相語，仍錄條粉壁曉示，且立賞召人告官，賞錢以犯人及鄰保家財充，若客戶則及其地主。婦人懷孕，經涉歲月，鄰保

〔註102〕同註4，卷五十一，頁1481。
〔註103〕同註4，卷四十九，頁1435～1437。
〔註104〕同註4，卷四十八，頁1380。

地主，無不知者。若後殺之，其勢足相舉覺，容而不告，使出賞固
宜。若依律行遣數人，此風便革。公更使令佐各以至意誘諭地主豪
戶，若實貧甚不能舉子者，薄有以賙之。人非木石，亦必樂從。但
得初生數日不殺，後雖勸之使殺，亦不肯矣。自今以往，緣公而得
活者，豈可勝計哉。佛言殺生之罪，以殺胎卵爲最重。六畜猶爾，
而況於人。俗謂小兒病爲無辜，此眞可謂無辜矣。〔註105〕

　　蘇軾舉在密州時，遇饑年，民多棄子的實例，教朱太守要勸誘米，另外儲
存，專以收養棄兒之用。朱太守爲一孝子，〔註106〕接信後在其權責之內，立即
照辦。因此，拯救許多無辜嬰兒，眞是功德無量。這種行爲，正是佛教慈悲爲
懷，普渡眾生的最上乘教義，唯仁者才能實踐力行。蘇軾宅心仁厚，不忍生民
之困，而所行正是「不獨子其子」，「使幼有所養」之明訓。澄清吏治，剷除官
邪，扭轉風氣，以紓民之困迫，解民於倒懸，徹底振刷精神，挽回人心。

　　元祐元年（1086）九月初一，司馬光病逝。蘇軾夾於新、舊黨爭，十二
月，臺諫官朱光庭等，摭拾蘇軾召試館語，斷章取義，以爲謗訕先帝，交相
疏論，朋黨禍起，四上箚子請求外放。元祐三年三月，以疾病爲由，連上章
乞郡外放。蘇軾有自己高潔的人格，不同流合污，將進退得失，等齊看待。
從〈與楊元素〉書中可知：

某近數章請郡，未允，數日來，杜門待命，期於必得耳。公必聞其略，
蓋爲臺諫所不容也。昔之君子，惟荊是師。今之君子，惟溫是隨。所
隨不同，其爲隨一也。老弟與溫相知至深，始終無間，然多不隨耳。
致此煩言，蓋始於此。然進退得喪，齊之久矣，皆不足道。〔註107〕

蘇軾於元祐四年三月知杭州，七月初三到杭任，其時值饑災，又有新法聚斂
之害，民不聊生，故於十二月二十七日，上書太師、宰相，乞賜及時賑濟。〈上
執政乞度牒賑濟因修廨宇書〉：

〔註105〕同註4，卷四十九，頁1416～1418。
〔註106〕元‧脫脫等撰：《宋史》，（明成化十六年（1480）兩廣巡撫朱英刊嘉靖間南監
　　　　修補本），卷四百五十六。（朱鄂州名壽昌，字康叔，嘗爲郎曹。壽昌母劉氏，
　　　　巽妾也。巽守京兆，劉氏方娠而出。壽昌生數歲始歸父家，母子不相聞五十
　　　　年，行四方求之不置，飲食罕御酒肉，言輒流涕。用浮屠法灼背燒頂，刺血
　　　　書佛經，力所可致，無不爲者。熙寧初，與家人辭決，棄官入秦，曰：「不見
　　　　母，吾不反矣。」遂得之於同州。劉時年七十餘矣。嫁黨氏有數子，悉迎以
　　　　歸。京兆錢明逸以其事聞，詔還就官，由是以孝聞天下。
〔註107〕同註4，卷五十五，頁1655～1656。

入冬以來，緣諸郡閉糴，而稅務用例違條，收五穀力勝錢，故米價斗至八九十，衢、睦等州至百餘錢，皆足錢，炎炎可畏。軾用印板出榜千餘道，止絕此兩事。自半月來，米穀通流，價亦稍平。然浙中無麥，青黃之交，當在來秋，而熟不熟，又未可知。民懲熙寧流俘之禍，上戶有米者，皆靳借不肯出，其勢非大出官米，不能救此患。自正月至七月，本州**裏**外九縣，日糴官米千五百石，乃可以平價救饑，計當用米三十一萬五千石。……近蒙朝廷許糶上供二十萬石出糴，此大惠也。然望更糶留三十萬石，若無米可糴，只乞以此錢收買銀絹上供，雖無補於饑民，而散幣在民，少解錢荒之患，亦良策也。〔註108〕

蘇軾對賑濟提出因應之法，如可以調運官糧，以平價拋出來穩定物價。〈上呂僕射（大防）論浙西災傷書〉：

然三吳風俗，自古浮薄，而錢塘為甚。雖室宇華好，被服粲然，而家無宿舂之儲者，蓋十室而九。自經熙寧饑疫之災，與新法聚斂之害，平時富民殘破略盡，家家有市易之欠，人人有鹽酒之債，田宅在官，房廊傾倒，商賈不行，市井蕭然。……今年，錢塘賣常平米十八萬石，得米者皆叩頭誦佛云：「官家將十八萬石米，於烏鳶狐狸口中，奪出數十萬人，此恩不可忘也。」……去歲朝旨，免力勝錢，止於四月。浙中無麥，須七月初間見新穀，故自五月以來，米價復增。軾亦曾奏乞展限至六月，終不報。今者若蒙施行，則乞以六月為限。去歲恩旨，寬減上供額米三分之一，而戶部必欲得見錢，浙中遂有錢荒之憂。軾奏乞以錢和買銀絹上供，三請而後可。今者若蒙施行，即乞一時行下。〔註109〕

元祐七年（1092）三月十六日，到揚州任。〈揚州上呂相（大防）〔（仁宗天聖五年～哲宗紹聖四年（1027～1097））公論稅務書〕：

軾自入淮南界，聞二三年來，諸郡稅務刻急日甚，行路咨怨，商賈幾於不行。有稅物者既無脫遺，其無稅物及雖有不多者，皆不與點檢，但多喝稅錢，商旅不肯認納，則苛留十日半月。人船既眾，費用坐竭，則所喝惟命。州郡轉運司皆力主，此輩無所告訴。竊聞東

〔註108〕同註4，卷四十八，頁1407～1408。
〔註109〕同註4，卷四十八，頁1402～1403。

南物貨，全不通行，京師坐致枯涸。若不及相公在位，救解此患，恐遂滋長，至於不可救矣。只如揚州稅額，已增不虧，而數小吏爲虐不已。原其情，蓋爲有條許酒稅監官分請增剩賞錢。此元豐中一小人建議，羞污士風，莫此爲甚。如酒務行此法，雖士人所恥，猶無大害。若稅務行之，則既增之外，刻剝不已，行路被其虐矣。〔註110〕

稅務苛刻，蘇軾述民間稅務之害，言去苛稅之法，婉切動人。

蘇軾於紹聖元年（1094）十月初二，到惠貶所。二年三月初六，程之才以提刑身分按臨惠州。九月，見嶺南稅役，折納掊克，官吏賦稅納錢不納米，農民將穀以低價，換現金納稅。官吏按照糧價高時計算，農民愈豐收，愈感負重。蘇軾書請程之才和本路稅吏及運輸官員商決辦法。〈與程正輔〉：

今來秋大熟，米賤已傷農矣。……嶺南錢荒久矣，今年又起納役錢，見今質庫皆閉，連車整船，載米入城，掉臂不顧，不知如何了得賦稅役錢去。……本州詹守，極有卹民之意，聞說申乞第二等以下人戶納錢與米，並從其便，不知元科米數。……皆得任便，不拘元科數目，人情必大悅。〔註111〕

紹聖二年四月鄧道士來訪，談及東江爲惠州境內一大河流，水東爲歸善縣，水西爲惠陽，兩縣民渡江工具使用簡陋小舟，因江流湍急，不僅小舟載客不多，且易沖毀和損壞，安全是最大顧慮，道士建議改用浮橋。其法以四十舟聯爲二十舫（每舫以兩舟相併），鐵鎖石釘，隨水漲落，既穩當又方便行人往來，且不受搭載時空限制，又能保持長久使用，即使部份舟舫損壞，抽換更新，亦甚簡便。五月，爲使這項工程得以順利進行，遂與程之才、漕使傅才元、惠守詹範，連絡商議如何興建浮橋的相關事宜。督促程之才鼎力相助，〈與程正輔〉：「本州近申乞支阜民監糞土錢用修橋，未蒙指揮。告與漕使一言，此橋不成，公私皆病，敢望留意。」〔註112〕他們才積極籌措經費，自己也將朝服用的犀帶捐出，熱心參與。

紹聖三年十一月，太守王古來訪。王古字敏仲，是名相王旦的文孫，王素的侄子，知友王鞏的從兄弟，以江淮發運使進寶文殿待制知廣州。蘇軾與他熟

〔註110〕同註4，卷四十八，頁1404～1405。
〔註111〕同註4，卷五十四，頁1608。
〔註112〕同註4，卷五十四，頁1600。

識，於是告之從鄧道士處得知廣州近海，居民飲水鹹苦，鄧道士建議造福廣州人民的供水計劃，提供王古參考。王古樂意接受，辭別回去後，蘇軾先後專書提供水計畫及保養法，儼然像一水利工程師。紹聖三年十一月，〈與王敏仲〉：

> 羅浮山道士鄧守安⋯⋯嘗與某言，廣州一城人，好飲鹹苦水，春夏疾疫時，所損多矣。惟官員及有力者得飲劉王山井水，貧丁何由得。惟蒲澗山有滴水巖，水所從來高，可引入城，蓋二十里以下爾。若於巖下作大石槽，以五管大竹續處，以麻纏之，漆塗之，隨地高下，直入城中。又為一大石槽以受之，又以五管分引，散流城中，為小石槽，以便汲者。不過用大竹萬餘竿，及二十里間，用葵茆苦蓋，大約不過費數百千可成。然須於循州置少良田，令歲可得租課五七千者，令歲買大筋竹萬竿，作筏下廣州，以備不住抽換。又須於廣州城中置少房錢，可以日掠二百，以備抽換之費。〔註113〕

王古接信後，即依計劃進行，經實地勘測度量衹需五千餘根大竹管就夠鋪設，於是立刻動工。蘇軾聞訊，極表欣慰。但顧慮二十里長鋪設在路上的大竹管，使用一段時間，勢必發生通塞與破損問題，所以又寫信提供保養維護及改善辦法。〈與王敏仲〉：

> 聞遂作管引蒲澗水甚善。每竿上，須鑽一小眼，如菉豆大，以小竹針窒之，以驗通塞。道遠，日久，無不塞之理。若無以驗之，則一竿之塞，輒累百竿矣。仍願公擘畫少錢，令歲入五十餘竿竹，不住抽換，永不廢。僭言，必不訝也。〔註114〕

紹聖三年十二月，完成供應淡水工程。以上這些作為皆為蘇軾關懷民生的施政。

蘇軾素對國防問題極為重視，在惠州，鑑此地瀕海濱，海盜窺伺，兵衛單寡，營房廢缺，軍政隳壞，以肅軍政，於紹聖二年五月，〈與程正輔〉：

> 本州諸軍，多闕營房，多二人共一間，極不聊生。其餘即散居市井間，賃屋而已。不惟費耗，軍人因此窘急作過。又本都無緣部轄，靡所不為，公私之害，可勝言哉。某得罪居此，豈敢僭管官事，但此事俗吏所忽，莫教生出一事，即悔無及也。〔註115〕

〔註113〕同註4，卷五十六，頁1692～1693。
〔註114〕同註4，卷五十六，頁1695。
〔註115〕同註4，卷五十四，頁1600。

建請程之才，使能添建營房三百餘間，爲振奮軍心，鼓舞士氣，鞏固邊防。蘇軾臨患不忘國，以家國爲重，上君爲主，實是「忠」從內在之德，發之於外的表現。

第四節　治學類

蘇軾及冠時，已學通經史，屬文日數千言，他以爲治學之目的在經國濟世。元豐八年（1085）正月，〈與千之姪〉：「秋試又不利，老叔甚失望。然愼勿動心，益務積學而已。人苟知道，無適而不可，初不計得失也。」〔註116〕又曰：「此外勤學自愛。近來史學凋廢，去歲作試官，問史傳中事，無一、兩人詳者。可讀史書，爲益不少也。」〔註117〕元符元年（1098）十二月，勉元老姪孫〈與姪孫元老〉：

> 姪孫近來爲學何如？想不免趨時。然亦須多讀書史，務令文字華實相副，期於適用乃佳，勿令得一第後，所學便爲棄物也。……姪孫宜熟看《前、後漢史》及韓、柳文。有便，寄近文一兩首來，慰海外老人意也。〔註118〕

又曰：「相見無期，惟當勉力進道，起門戶爲親榮，老人僵仆海外，亦不恨也。」〔註119〕蘇軾常勉人多進道多讀書，作爲進德修業基礎。蓋人能進道，則不受環境左右，有所爲而有所不爲；多讀書史，則能明古今治亂之因，爲國家興利除弊。讀書人達則兼善天下，非在爭一己之得失而已。治學在於能夠自成一家，則於己無悔。文章的品定並非取合於一時與取決於一人的貶抑或褒揚，而是能經過歷史考驗的。如〈答毛澤民〉：

> 今時爲文者至多，可喜者亦衆，然求如足下閑暇自得，清美可口者，實少也。敬佩厚賜，不敢獨饗，當出之知者。世間唯名實不可欺。文章如金玉，各有定價，先後進相汲引，因其言以信於世，則有之矣。至其品目高下，蓋付之衆口，決非一夫所能抑揚。軾於黃魯直、張文潛輩數子，特先識之耳。始誦其文，蓋疑信者相半，久乃自定，翕然稱之，軾豈能爲之輕重哉！非獨軾如此，雖向之前輩，亦不過如此也，而況外物之進

〔註116〕同註4，卷六十，頁1839。
〔註117〕同註4，卷六十，頁1840。
〔註118〕同註4，卷六十，頁1842。
〔註119〕同註4，卷六十，頁1842。

退。此在造物者，非軾事。辱見眖之重，不敢不盡。〔註120〕

一、專經一業、博攻多學

　　書富如海，精力有限，故當責己致力於精研某一方面深究。精研之文，要讀數過，每次研究該文中的一個方面；或先只研究該文內容中的歷史掌故，次再研究內容中歷史經驗；或只研究該文的構思和謀篇布局，次再研究其遣詞造句。凡此數遍，要求的目的各不相同，當高度熟練後，才能出新意於法度中，寄妙理於豪放之外。多讀多寫可彌補先天才性的不足，才能寫出有所創新的文學作品。如在揚州時〈答陳傳道〉：「知日課一詩，甚善。此技雖高才，非甚習不能工也。聖俞昔常如此。」〔註121〕在黃州時〈與滕達道〉：「某閑廢無所用心，專治經書。十二年間，欲了卻《論語》、《書》、《易》。」〔註122〕蘇軾被貶惠州，王庠問蘇軾治學之道。〈與王庠〉：

>　　每一書，皆作數過盡之。書富如入海，百貨皆有之，人之精力，不能兼收盡取，但得其所欲求者耳。故願學者，每次作一意求之。如欲求古人興亡治亂聖賢作用，但作此意求之，勿生餘念。又別作一次求事跡故實典章文物之類，亦如之。他皆倣此。此雖迂鈍，而他日學成，八面受敵，與涉獵者不可同日而語也。〔註123〕

在惠州〈與張嘉父〉：

>　　凡人為文，至老，多有所悔。僕嘗悔其少矣，若著成一家之言，則不容有所悔，當且博觀而約取，如富人之築大第，儲其材用，既足而後成之，然後為得也。〔註124〕

　　學習知識要廣泛地瀏覽，選擇精要深入鑽研。學海無涯，而生有涯，以有涯追無涯，因此只得博觀而約取。治學之道，就是要注意自養，以待其成。

二、明瞭為尚、不求強記

　　蘇軾喜讀書史，於元豐四年（1081）三月，在黃州時〈與王定國〉：「自

〔註120〕同註4，卷五十三，頁 1571。
〔註121〕同註4，卷五十三，頁 1575。
〔註122〕同註4，卷五十一，頁 1482。
〔註123〕同註4，卷六十，頁 1822。
〔註124〕同註4，卷五十三，頁 1564。

到此，惟以書史爲樂，比從仕廢學，少免荒唐也。」〔註125〕蘇軾治《漢書》，
即在明其史事。明事實之讀史方法，按事分類深求，如網在綱，方能源流分
明，本末皆得。蘇軾作文，引用史傳，必詳述本末，有至百餘字者。蓋欲使
讀者一覽而得之，不待復尋繹書策也。如嘉祐六年（1061），〈上富丞相書〉
引楚左史倚相美衛武公事曰：

> 楚左史倚相曰：「昔衛武公年九十有五，猶日箴儆於國曰：『自卿以
> 下，至於官師，苟在朝者，無謂我老耄而舍我，朝夕以交戒我。』
> 猶以爲未也，而作詩以自戒。其詩曰：『抑抑威儀，惟德之隅。』」
> 夫衛武公惟居於至足，而日以爲不足，故其沒也，謚之曰睿聖武公。
> 〔註126〕

元豐三年〈答李琮書〉引李固論發兵討交趾事曰：

> 後漢永和中，交趾反，議者欲發荊、揚、兗、豫四萬人討之。獨李
> 固以謂：「四州之人，遠赴萬里，無有還期，詔書迫促，必致叛亡；
> 南州瘟瘴，死者必多；士卒疲勞，比至嶺南，不復堪鬥。」〔註127〕

〈與朱鄂州書〉引王濬活巴人生子事曰：

> 昔王濬爲巴郡太守，巴人生子皆不舉。濬嚴其科條，寬其徭役，所
> 活數千人。及後伐吳，所活者皆堪爲兵。其父母戒之曰：「王府君生
> 汝，汝必死之。」古之循吏如此類者非一。〔註128〕

軾抄《漢書》，是以事爲段落，依段立題目，然後熟讀。如蘇軾在黃州時〈與
王定國〉：「君學術日益，如川之方增，幸更著鞭多讀書史，仍手自抄爲妙。」
〔註129〕可知蘇軾治學是如此的勤快、謹慎。

第五節　文藝類

宋代文人士代夫乃社會之中堅，精神文化之指導者，因之，無論文學、
藝術皆表現宋代文人士大夫融貫創新之風格。其間理學與散文，已於宋初定
型，此外以詩、詞、書、畫而言，皆承繼唐、五代風氣，特發揚變化之，經

〔註125〕同註4，卷五十二，頁 1520。
〔註126〕同註4，卷四十八，頁 1376。
〔註127〕同註4，卷四十九，頁 1436～1437。
〔註128〕同註4，卷四十九，頁 1417。
〔註129〕同註4，卷五十二，頁 1519。

宋代文人士大夫之融會與創造，產生涵蘊濃厚文人士大夫精神之文化異彩。

　　宋代文學直接從唐代文學發展而來，又變化生新，獨具特色。文論體隨著古文運動的發展，主要圍繞對「道」的理解以及「道」與「文」的關係產生了不同的觀點。科舉注重策論，也直接影響到宋文人多作策論文章，以及宋文和宋詩長於議論的特點。

　　蘇軾是集眾多才華於一身的絕世天才，有其特立獨行的風格與氣質。氣質上兼有孟子的豪放，莊子的詼諧，淵明的自然，李白的飄逸，杜甫的熱誠，加上一顆絕對自由而永不屈服的心靈。他融貫經史，學雜百家，才力深厚，創作力高。他天賦超絕，凡詩、詞、文賦無體不工，又兼擅書法和繪畫。蘇軾論文曰：「凡人作文字，須是筆頭上挽得數萬斤起，可以言文字已。」他以文為詩、以詩入詞，創出文藝新精神，他曾說：「詩畫本一律，天工與清新。」與天工不合，則不取為原理。文學創作源於生活原理，須觀萬物之變，探索自然。如嘉祐六年（1061）〈上曾丞相書〉：

> 軾不佞，自為學至今，十有五年，以為凡學之難者，難於無私，無私之難者，難於通萬物之理，故不通乎萬物之理，雖欲無私，不可得也。己好則好之，己惡則惡之，以是自信則惑也。是故幽居默處，而觀萬物之變，盡其自然之理，而斷之於中，其所不然者，雖古之所謂賢人之說，亦有所不敢。〔註130〕

　　蘇軾論文，首貴立意，能經世致用，乃是作文之要，其次要求「辭達」，使「意」能得到完全的明確的、美而不失其實的表達，是將「意」藝術化的過程。元符元年，〈答虔倅俞括〉：「孔子曰：『辭達而已矣。』物固有是理，患不知之，知之患不能達之於口與手。所謂文者，能達是而已。」〔註131〕〈與王庠書〉：「孔子曰：『辭達而已矣。』辭至於達，止矣，不可以有加矣。」〔註132〕

　　元符三年（1100）東坡自嶺南歸，九月底路過廣州。時任廣州推官的謝民師〔名舉廉，新淦人，博學工詞章。〕帶著詩文來拜訪蘇軾，他看了之後，大為稱贊。蘇軾離開廣州後，十月，〈與謝民師推官書〉中重要文論如下：

> 大所示書教及詩賦雜文，觀之熟矣。大略如行雲流水，初無定質，但常行於所當行，常止於所不可不止，文理自然，姿態橫生。孔子

〔註130〕同註4，卷四十八，頁 1379。
〔註131〕同註4，卷五十九，頁 1793。
〔註132〕同註4，卷四十九，頁 1422。

> 曰：「言之不文，行而不遠。」又曰：「辭達而已矣。」夫言止於達
> 意，即疑若不文，是大不然。求物之妙，如繫風捕影，能使是物了
> 然於心者，蓋千萬人而不一遇也。而況能使了然於口與手乎？是之
> 謂辭達。辭至於能達，則文不可勝用矣。〔註133〕

行雲流水，無法之中有法，自然而富有生氣的特點，實即夫子之道。這正是
蘇軾對創作的一貫主張，如他的《文說》等文章中，我們可見到類似的文論。
文理行止適合自然之理，則可算是達意平易的文章。不要像揚雄用艱深之詞，
「求深務奇」是古文家的缺點。

蘇軾論「文」，對子曰：「辭達而已矣。」加以發揮，把「辭達」與「言
文」聯繫起來，賦予「達」以新的含義，「辭達」即「文」。蘇軾結合創作過
程認為「文」有兩個階段：先是「求物之妙」，這是「達」的第一層含義，即
「達於物」，亦即是說要像「繫風捕景」那樣，對外物進行細微入微的觀察，
使客觀外物的奧妙底蓄了然於心，也就是要「得成竹於胸中」。第二階段是「了
然於口與手」，即善於用語言文字將心中的物象事理表現傳達出來，這是「達」
的第二層含義，只有物、心、文三個環節兩個階段全部貫通，才能稱得上「辭
達」，才能稱得上「文」。

一、古　文

宋初統治者為了鞏固政權，優待官僚，讓他們過奢侈豪華的生活，適應
他們的文學愛好，晚唐、五代的唯美和形式文學繼續發展，形成了專寫華豔
雕鏤文字的「西崑派」。其領袖是楊億、劉筠等人，歐陽脩說：「楊、劉風采，
聳動天下」，號稱「時文」。此時知識分子，不滿西崑派造成的浮華不實的文
風，掀起了新古文運動。歐陽脩提出文道並重、道先文後的觀點，即思想性
和藝術性並重、思想性先於藝術性的觀點。意在革今之弊，以文學為手段，
達到教化民心，富國強邦的目的。

我們談起古文大家，開口便是「韓、柳、歐、蘇」。張耒〈贈李德載〉古
詩云：「長翁波濤萬頃陂」，〔註134〕對蘇軾的作品風格表示高度讚許。東坡所
作古文，即事興感，化情以理，或類莊子，凌雲超塵；或追陸、賈，議論雄

〔註133〕同註4，卷四十九，頁1418～1419。
〔註134〕宋‧張耒撰：《張右史文集》，（上海商務印書館，民國18年），卷十三，頁
　　　　15。

放。論文題材不拘，序跋、奏議、碑銘、頌贊、書牘、遊記，皆直抒胸懷，尤其書牘，以簡易疏遠見勝，表裏洞然，具見他磊落光明的肺腑。如〈自評文〉：「吾文如萬斛泉源，不擇地皆可出。在平地滔滔汨汨，雖一日千里無難。及其與山石曲折，隨物賦形，而不可知也。所可知者，常行於所當行，常止於不可不止，如是而已矣。其他雖吾亦不能知也。」嘉祐二年（1057），蘇軾進士及第後，讚揚其師歐陽脩致力於詩文的革新，反浮巧輕媚叢錯采繡的「西崑體」，且反對「求深」、「務奇」的假古文，有石介等人倡導於前，太學諸人呼應於後，時號「太學體」。他在〈謝歐陽內翰書〉：

> 軾竊以天下之事，難於改爲。自昔五代之餘，文教衰落，風俗靡靡，日以塗地。聖上慨然太息，思有以澄其源，疏其流，明詔天下，曉諭厥旨。於是招來雄俊魁偉敦厚朴直之士，罷去浮巧輕媚叢錯采繡之文，將以追兩漢之餘，而漸復三代之故。士大夫不深明天子之心，用意過當，求深者或至於迂，務奇者怪僻而不可讀。餘風未殄，新弊復作。大者鏤之金石，以傳久遠；小者轉相摹寫，號稱古文。紛紛肆行，莫之或禁。〔註135〕

由此書可知蘇軾爲文以「追兩漢，復三代」爲依歸。他提倡古文，排斥時文，故抨擊《昭明文選》。如元符三年（1100）三月，〈答劉沔都曹書〉：

> 梁蕭統集《文選》，世以爲工。以軾觀之，拙於文而陋於識者，莫統若也。宋玉賦《高唐》、《神女》，其初略陳所夢之因，如子虛、亡是公等相與問答，皆賦矣。而統謂之敍，此與兒童之見何異。李陵、蘇武贈別長安，而詩有「江漢」之語。及陵與武書，詞句儇淺，正齊梁間小兒所擬作，決非西漢文，而統不悟。〔註136〕

蘇軾的古文像行雲流水般自然、妥貼，如元豐三年（1080）四月，〈黃州上文潞公書〉：

> 孟夏漸熱，恭惟留守太尉執事台候萬福。承以元功，正位兵府，備物典冊，首冠三公。雖曾孫之遇，絕口不言；而金縢之書，因事自顯。眞古今之異事，聖朝之光華也。有自京師來轉示所賜書教一通，行草爛然，使破甑敝帚，復增九鼎之重。〔註137〕

〔註135〕同註4，卷四十九，頁1423～1424。
〔註136〕同註4，卷四十九，頁1429。
〔註137〕同註4，卷四十八，頁1379。

又如元符二年十一月，范祖禹卒。元符三年在儋耳時，寫信給范祖禹的長子沖（元長）：

> 某慰疏言。不意凶變，先公內翰，遽捐館舍，聞訃慟絕。天之喪予，一至於是，生意盡矣。伏惟至孝承務元長昆仲，孝誠深至，追慕罔極。何辜于天，罹此禍酷，荼毒如昨，奄易寒暑，哀毀日深，奈何！奈何！某謫籍所拘，莫由往弔，永望長號，此懷難諭。〔註138〕

又：

> 流離僵仆，九死之餘，又聞淳夫先公傾逝，痛毒之深，不可云諭。久欲奉疏，不遇便人，又舉動艱礙，憂畏日深。今茲書問，亦未必達，且略致區區耳。〔註139〕

蘇軾的古文「波瀾疊出，變化無窮」，不論什麼題材，到他筆下都變得新鮮而不同凡俗。元祐三年他當時陪同契丹使者入宮覲見皇帝，使者頗能誦其文，可見他的文章早已傳播夷夏。元祐七年在揚州寫信〈與陳傳道〉：「某頃伴虜使，頗能誦某文字，以此知虜中皆有中原文字。」〔註140〕

作文之法，先觀時節，次看人品，又當玩味其立意。「意」即作者的思想情感，是建立在「通萬物之理」的基礎上，也就是經過自己觀察分析得出的事物本質與規律。

二、詩

北宋仁宗時期的政治革新，帶動了詩風的變革，梅堯臣、蘇舜欽、歐陽脩等詩人相繼登上詩壇，強調詩歌興諷怨刺的功用，開創了宋詩的獨特面目，在題材內容和藝術技巧方面，都有所拓展和創新。特點有：一是由重情韻而趨向富於理趣，但也有寓理趣於景物，以形象語言來說理的詩，如蘇軾詩就善於運用新奇的比喻來說理。二是由詩化的語言轉向於散文化。宋詩人政論性的詩歌語言直露淺近，句法散文化。三是擴大了詩歌的題材，追求精細、新奇的藝術技巧。宋詩人在用典、對仗、句法、用韻等方面都做了長期探索，出現了眾多的風格。蘇軾受此影響特有自己的詩風，「以文字爲詩，以才學爲詩，以議論爲詩」改變了「唐人之風」。如《滄浪詩話・詩辯》云：「歐陽公

〔註138〕同註4，卷五十，頁1458。
〔註139〕註138。
〔註140〕同註4，卷五十三，頁1575。

學韓退之古詩，梅聖俞學唐人平澹處。至東坡、山谷始自出己意以爲詩，唐人之風變矣。」〔註141〕

蘇軾的詩與江西詩派鼻祖黃庭堅齊名，人稱「蘇黃」。其詩今存二千七百多首，詩風多姿，或雄奇奔放，或富於理趣，或簡淡自然，詩如行雲流水暢達，氣勢縱橫，自成一體，開拓宋詩新境界。他以文爲詩，亦以賦爲詩；以詩爲詞；以文爲賦，欲突破詩、詞、賦等文體舊格，開發詩中新創格，新氣象。謝朓嘗語沈約曰：「好詩圓美流轉如彈丸。」蓋謂詩貴圓熟。如他在《鳳翔八觀》詩中的一句，「筆所未到氣已吞」。〔註142〕蘇詩在內容上天馬脫羈，吾寫吾口。

文學直接從唐代文學發展而來，又變化生新，獨具特色的思想出入儒、道，雜染佛禪，既能關注朝政民生，保持獨立的見解，又能隨緣自適，達觀處世。宏博通達的學識才華和飽經憂患的人生體驗，也育成了蘇軾詩歌題材多樣、內容廣博、立意新奇的氣象。他的政治諷諭詩有深刻的現實意義。如〈魚蠻子〉描述漁民爲逃避苛重的賦租，長年漂泊水上；〈荔枝嘆〉藉進荔枝的故事，抨擊當時權貴。蘇軾詩中數量較多，對後人影響最大的是抒發人生感慨和歌詠自然景物的詩。如〈百步洪〉：「險中得樂」議論人生哲理，融化了佛道思想；〈和子由澠池懷舊〉中將人生比喻爲「雪泥鴻爪」，感慨深沉；他的寫景絕句〈題西林壁〉也以富於理趣著稱。

蘇詩以黃州時期最爲輝煌。蘇軾認爲詩窮而愈工。歐陽脩云：「予聞世謂詩人少達而多窮，夫豈然哉？蓋世所傳詩者，多出於古窮人之辭也，凡士之蘊其所有而不得施於世者，多喜自放於山巔水涯外，見蟲魚草木風雲鳥獸之狀類，往往探其奇怪，內有憂思感憤之鬱積，其興於怨刺，以道羈臣寡婦之所歎，而寫人情之難言。蓋愈窮則愈工，然則非詩之能窮人，殆窮者而後工也。」〔註143〕蘇軾因烏臺詩案，使其幾乎瀕臨絕境，親身體驗物質與精神的艱難，於困厄中由「靜」、「空」而傾心創作，因此刻劃出最深沉的精工詩。〈與王定國〉：

> 杜子美在困窮中，一飲一食，未嘗忘君，詩人以來，一人而已。今
> 見定國，每有書皆有感恩念咎之語，甚得詩人之本意。僕雖不肖，

〔註141〕宋・嚴羽著：《滄浪詩話》，（明正德丙子（十一年，1516）九峰書屋刊本），頁4。

〔註142〕宋・蘇軾撰，楊家駱主編：《蘇東坡全集》，（臺北：世界書局，民國85年2月），上冊，頁9。

〔註143〕宋・歐陽脩撰：《歐陽脩全集・居士集・梅聖俞詩集序》，（臺北：河洛書局，民國64年），卷二。

亦嘗庶幾彷彿於此也。〔註144〕

元豐七年（1084）離黃州時，〈答賈耘老〉：「貧固詩人之常，齒落目昏，當是為兩荷葉所困，未可專咎詩也。」〔註145〕建中靖國元年（1101）北歸時，〈與錢濟明〉：「又知詩人窮而後工，然詩語明練，無衰憊氣。」〔註146〕從這些書牘中，可知蘇軾的達觀和詩作態度。蘇軾欣賞陶詩與他的為人，紹聖四年（1097）〈與子由弟〉：

> 淵明作詩不多，然其詩質而實綺，癯而實腴，自曹、劉、鮑、謝、李、杜諸人，皆莫及也。吾前後和其詩，凡一百有九篇，至其得意，自謂不甚愧淵明。今將集而併錄之，以遺後之君子，其為我志之！
>
> 然吾於淵明，豈獨好其詩也，如其為人，實有感焉。〔註147〕

因受詩案影響，在惠州和儋州貶謫時期的詩歌大多採取和陶的形式，陶淵明及柳宗元的集子成了蘇軾的南遷二友。紹聖二年三月，〈與程正輔〉：

> 和示《香積》詩，真得淵明體也。某喜用陶韻作詩，蓋有四五十首，不知老兄要錄何者？稍間，編成一軸附上也，只告不示人爾。〔註148〕

又：

> 寵示詩域醉鄉二首，格力益清茂。深欲繼作，不惟高韻難攀，又子由及諸相識皆有書，痛戒作詩，有說不欲詳言。其言甚切，不可不遵用。空被來睍，但慚汗而已。兄欲寫陶體詩，不敢奉違，今寫在揚州日二十首寄上，亦乞不示人也。〔註149〕

紹聖三年，〈與程正輔〉：

> 詠史詩等高絕，每篇乃是一論，屈滯他作絕句也。前後惠詩皆未和，非敢懶也。蓋子由近有書，深戒作詩，其言切至，云當焚硯棄筆，不但作而不出也。不忍違其憂愛之意，所以遂不作一字，惟深察。
>
> 吾兄近詩益工，孟德有言：「老而能學，惟吾與袁伯業。」此事不獨今人不能，古人亦自少也。〔註150〕

〔註144〕同註4，卷五十二，頁1517。
〔註145〕同註4，卷五十七，頁1725。
〔註146〕同註4，卷五十三，頁1552。
〔註147〕同註4，〈蘇軾佚文彙編〉卷四，頁2515。
〔註148〕同註4，卷五十四，頁1593。
〔註149〕同註4，卷五十四，頁1597。
〔註150〕同註4，卷五十四，頁1594。

在儋州，所處環境更不如惠州，心情自然鬱卒，唯藉陶、柳集，獲得安慰。
元符元年（1098）〈與程全父〉：

> 僕焚毀筆硯已五年，尚寄味此學。隨行有《陶淵明集》。陶寫伊鬱，
> 正賴此爾。有新作，遞中示數首，乃珍惠也。山川風氣能清佳否，孰
> 與惠州比？此間海氣鬱蒸，不可言，引領素秋，以日爲歲也。〔註151〕

又：

> 流轉海外，如逃空谷，既無與晤語者，又書籍舉無有，惟陶淵明一
> 集，柳子厚詩文數冊，常置左右，目爲二友。今又辱來貺，清深溫
> 麗，與陶、柳眞爲三友矣。〔註152〕

在惠、儋二州，生活困窘，但隨遇而安，此時詩清奇、平淡正如他贊美淵明
的詩「澹而實美」一樣。

　　因烏臺詩案，身陷囹圄時，他的《超然》、《黃樓》二集，皆爲家人所焚，
而杭州主簿陳師仲卻冒生命危險，爲他保存二集的刻印本。元豐四年（1081）
十二月，〈答陳師仲主簿書〉：

> 見爲編述《超然》、《黃樓》二集，爲賜尤重。從來不曾編次，縱有
> 一二在者，得罪日，皆爲家人婦女輩焚毀盡矣。不知今乃在足下處。
> 當爲刪去其不合道理者，乃可存耳。〔註153〕

　　東坡詩文集的版本，在宋已有六、七種，自明清至今，又有十數種。流
傳之廣，除杜詩外，很少人能和他相比。由此可知，其詩在後人心目中的價
值。東坡在世時，已有人爲他搜集詩文。元符三年三月，〈答劉沔都曹書〉：

> 蒙示書教，及所編錄拙詩文二十卷。軾平生以文字言語知於世，亦
> 以此取疾於人，得失相補，不如不作之安也。以此常欲焚棄筆硯，
> 爲瘖默人，而習氣宿業，未能盡去，亦謂隨手雲散鳥沒矣。不知足
> 下默隨其後，掇拾編綴，略無遺者，覽之慚汗，可爲多言之戒。然
> 世之蓄軾詩文者多矣，率眞僞相半，又多爲俗子所改竄，讀之使人
> 不平。〔註154〕

元祐七年（1092）在揚州時，〈答陳傳道〉：

〔註151〕同註4，卷五十五，頁 1626。
〔註152〕同註4，卷五十五，頁 1627。
〔註153〕同註4，卷四十九，頁 1428。
〔註154〕同註4，卷四十九，頁 1429。

> 某方病市人逐利，好刊某拙文，欲毀其板，翅欲更令人刊耶！當俟稍暇，盡取舊詩文，存其不甚惡者，爲一集。以公過取其言，當令人錄一本奉寄。今所示者，不惟有脫誤，其間亦有他人文也。〔註155〕

蘇軾一生從仕四十年，在朝任職，總計不及十年，謝世前所作〈自題金山畫像〉詩云：「心似已灰之木，身如不繫之舟，問汝平生功業：黃州、惠州、儋州。」即其一生寫照。蘇軾以儒家報國熱忱，但屢招遠謫，不能施展抱負，詩中融合佛、道思想，留詩千餘篇予後人咀嚼。

三、詞

宋初國內穩定，經濟繁榮，反映市民階層生活情調的歌唱文體──新聲，在這種背景下蓬勃發展。新聲就是曲子詞，爲一種配合音樂而產生的、講究格律的、長短句式的抒情詩體，從唐、五代發展到宋，宋朝以文治立國，君主提倡詞曲，〔註156〕因此進入了繁榮興盛期，在中國文學史上占有重要地位。北宋時期晏殊、晏幾道、歐陽脩等人的令詞，基本上沿襲了晚唐五代詞的「本色」傳統；柳永大量創製慢詞，擴大了詞體的篇幅容量；蘇軾「自是一家」的清曠詞風，引導了以詩爲詞的風氣。

蘇軾與辛棄疾並名爲「蘇辛」，王國維《人間詞話》云：「東坡之詞曠，稼軒之詞豪」。蘇軾三百多首詞中有些更是「豪放派」詞風的濫觴，對後代詞風的發展，有其歷史意義。其豪放詞如於熙寧八年（1075）在密州的出獵作品〈江城子〉，上片寫太守出獵的狂放姿態，下片藉題抒發渴望立功疆場的壯志豪情；又如謫居黃州時所作的〈念奴嬌·赤壁懷古〉更是境界壯闊，氣勢奔放，情感深沉，上片面對壯美的江山，詠歎古代風流人物，下片從仰慕周郎的英姿，感喟自己年華虛度、壯志難酬。蘇詞還善於界景寓理，表現深遠的人生慨嘆，形成了清空曠達的詞風。如熙寧九年丙辰中秋，歡飲達旦，大醉作〈水調歌頭〉，上片從天上轉向人間，形象地表達了對人生出處的思索過程，下片望月生情，轉寫人間的悲歡離合，又能以理遣情，自我解脫，詞中充滿樂觀的生活意志。又如詞作〈定風波〉，於元豐五年（1082），在黃州與朋友出遊，沙湖道中遇雨，

〔註155〕同註4，卷五十三，頁1574。

〔註156〕元·脫脫等撰：《宋史·樂志》，（明成化十六年（1480）兩廣巡撫朱英刊嘉靖間南監修補本），卷一百二十六。（太宗洞曉音律，前後親制大小取及音舊曲創新聲者三百九十。……仁宗洞曉音律，每禁中度取以賜教坊。）

已而遂晴，觸發人生感慨，詞語清俊，情意灑脫，反映其隨遇而安的坦蕩胸懷。蘇軾也有婉約作品，如於熙寧八年悼念妻子的作品〈江城子〉，上片感慨雙方生死相隔、音容渺茫，下片轉寫夢中相見的情景，寫得虛實相映，淒婉動人。總之，蘇軾詞的題材內容擴大，藝術手法精巧成熟。

　蘇軾的詞既洗刷了晚唐、五代詞的綺麗遺風，也別於當時盛行的柳永風味，而形成「自是一家」的風格。他初來汴京應舉時，正為柳詞到處傳唱之際，因此蘇軾留下深刻印象。在黃州時〈與子明兄〉：「記得應舉時，見兄能謳歌，甚妙。弟雖不會，然常令人唱，為作詞。」〔註157〕

　蘇軾致力於小詞的寫作，是從他扶世濟民的志意受到打擊，於熙寧五年任杭州通判開始。道家超曠的精神是他不能有為時的慰藉，因此他的詞走向超曠的風格。

　蘇軾將他深厚的士大夫文人的人格、學養，傾注於詞中，帶著一種有意的想要開拓創新的覺醒。因深受柳永影響，對柳詞態度歸納為三：其一是對柳詞極為重視，將之視為相互比並的對手；其二則是對柳詞中的淫靡之作也表現了鄙薄和不滿；其三則是對柳詞中之興象高遠之特色，則又有獨到的賞識。〔註158〕熙寧八年在密州時〈與鮮于子駿〔鮮于侁，真宗天禧三年～哲宗元祐二年（1019～1087）〕〉：「近卻頗作小詞，雖無柳七郎風味，亦自是一家。」〔註159〕

　蘇軾開拓了詞體的題材領域，將詞作為一種隨意抒情寫景、無事不入的新詩體，表現了獨具個性的人生體驗和思想感情。他現存的三百多首詞中，涉及感舊懷古、抒情議論、記遊詠物、鄉村風物、山水景色、朋友贈答諸多題材，完全突破了詞為豔體的傳統界限，認為詞意，應切實把握事物特徵。如在黃州〈答舒堯文〉：「大抵詞律莊重，敘事精緻，要非囂浮之作。」〔註160〕蘇軾重聲辭兼備，自然合律。元豐五年，於黃州櫽括陶《歸去來》作《哨遍》，〔註161〕〈與朱康叔〉：「舊好誦陶潛《歸去來》，常患其不入音律，近輒微加增損，作《般涉調哨遍》，雖微改其詞，而不改其意。」〔註162〕可見他是追求聲律曲度與聲

〔註157〕同註4，卷六十，頁1832。

〔註158〕葉嘉瑩著：《唐宋詞名家論集》，（臺北：正中書局，民國79年），頁217。

〔註159〕同註4，卷五十三，頁1560。

〔註160〕同註4，卷五十六，頁1670～1671。

〔註161〕宋・蘇軾撰，曹樹銘校注：《蘇東坡詞》，（臺北：臺灣商務印書館，民國72年12月），頁241。

〔註162〕同註4，卷五十九，頁1789。

情辭文相合。蘇軾致力改革詞體，在黃州〈與陳季常〉，讚許他的新詞是：「句句警拔，詩人之雄，非小詞也。」〔註163〕又在黃州〈與蔡景繁〉，讚美他的新詞：「此古人長短句詩也，得之驚喜，試勉繼之，晚即面呈。」〔註164〕蘇軾在傳統的詞風外開創另一種風格，使詞壇面目一新，這在詞的發展史上深具開創性。

四、書　法

人們談起書法大家，即提「顏、柳、歐、蘇」，宋代書法擺脫了晉、唐崇尚韻、法的格局，盛行「尚意」書風，產生了直抒胸臆，筆跡豪放的書法家。北宋後期出現了蘇軾與黃庭堅、米芾、蔡襄〔字君謨，真宗大中祥符五年～英宗治平四年（1012～1067）〕四大書家，具有個性特徵的書風競相出現，標誌著宋代書法的高潮，實為中國書史的一大巨變。

東坡〈次韻子由論書〉云：

吾雖不善書，曉書莫如我。苟能通其意，常謂不學可。

貌妍容有矉，璧美何妨橢。端莊雜流麗，剛健含婀娜。

好之每自譏，不獨子亦頗。書成輒棄去，繆被旁人裹。

體勢本闊落，結束入細麼。子詩亦見推，語重未敢荷。

爾來又學射，力薄愁官笴。多好竟無成，不精安用夥。

何當盡屏去，萬事付懶惰。吾聞古書法，守駿莫如跛。

世俗筆苦驕，眾中強蒐騍。鍾張忽已遠，此語與時左。〔註165〕

黃庭堅〈論子瞻書體〉：「蜀人極不能書，而東坡獨以翰墨妙天下，蓋其天資所發耳。」〔註166〕

熙寧七年（1074）正月，柳瑾家宴，二外甥閎、關因見蘇軾字似柳公權、褚遂良而求筆跡，蘇軾寫二首詩勉勵他們：「退筆如山未足珍，讀書萬卷始通

〔註163〕同註4，卷五十三，頁1569。

〔註164〕同註4，卷五十五，頁1662。

〔註165〕〔（宋）蘇軾著〕；〔清〕王文誥輯注；孔凡禮點校：《蘇軾詩集》，（北京：中華書局，1992年4月），頁209。

力薄愁官笴：〔公自註〕官箭十二把，吾能十一把箭耳。

「鍾、張」忽已遠：〔王註續曰〕鍾繇、張芝也。

〔註166〕明・毛晉：《津逮祕書・山谷題跋》，（明崇禎庚午（三年）虞山毛氏汲古閣刊本），卷七，頁18。

神。君家自有元和腳，莫厭家雞更問人。」〔註167〕書法不僅只是下功夫苦練，因盡下苦功易有匠氣，所以要有靈氣，而靈氣的培養，則從閱讀古人書卷而來。又云：「一紙行書兩絕詩，遂良鬢鬢已成絲。何當火急傳家法，欲見誠懸筆諫時。」〔註168〕

　　蘇軾自認像褚遂良一樣，寫一紙行書兩絕詩，鬢鬢竟然變白，乃因爲國憂心思慮所致。他也勉勵外甥應像柳公權那樣用筆以諫皇帝持心得正。蘇軾心中也是茲茲念念爲國家，希望皇帝心正爲民。元豐二年（1079）七月二日，諫官上言：蘇軾詩文謗訕朝政，奉旨送御史臺根勘。蘇軾怕作詩爲文又招災禍，於是借書法以潛形，冀望五百年後昭雪。如〈與孫子思〉：「過辱枉顧，知事務冗迫，不敢久留語。紙軸納去，餘空紙兩幅，留與五百年後人跋尾也。」〔註169〕

　　元豐三年（1080），李方叔欣賞蘇軾書法，求他寫歐陽脩和司馬光爲孫之翰寫的誌文、跋尾，以刻成碑石。但他以爲當時士大夫陋習，不願爲之。〈答李方叔書〉：

> 之翰所立於世者，雖無歐陽公之文可也，而況欲託字畫之工以求信於後世，不亦陋乎。足下相待甚厚，而見譽過當，非所以爲厚也。近日士大夫皆有僭侈無涯之心，動輒欲人以周、孔譽己，自孟軻以下者，皆憮然不滿也。此風殆不可長。又僕細思所以得患禍者，皆由名過其實，造物者所不能堪，與無功而受千鍾者，其罪均也。深不願人造作言語，務相粉飾，以益其疾。〔註170〕

　　元祐元年（1086），李方叔求蘇軾書父母墓誌文，蘇軾不寫，認爲李方叔沒有得到名世之士撰寫志文就不下葬，恐於禮不妥。〈答李方叔〉：

> 示諭，固識孝心深切。然某從來不獨不書不作銘、誌，但緣子孫欲追述祖考而作者，皆未嘗措手也。近日與溫公作行狀書墓誌者，獨以公嘗爲先妣墓銘，不可不報爾。其他決不爲，所辭者多矣，不可獨應命。想必得罪左右，然公度某無他意，意盡於此矣。〔註171〕

　　蘇軾的字爲人喜愛，常被人索求，在東坡的信中可窺知。如元豐三年，〈與

〔註167〕宋・蘇軾撰；清・王文誥、馮應榴輯注：《蘇軾詩集》，（臺北：學海書局，民國74年9月），頁543。

〔註168〕同註145，頁543〜544。

〔註169〕同註4，卷五十六，頁1683。

〔註170〕同註4，卷四十九，頁1431。

〔註171〕同註4，卷五十三，頁1579。

朱康叔〉：「尋得去年六月所寫詩一軸寄去，以爲一笑。」〔註172〕又曰：「要字，俟少閑，續納上。」〔註173〕又曰：「屏贊、硯銘，無用之物，公好事之過，不敢不寫，裝成送去，乞一覽。」〔註174〕元豐八年（1085）登州還朝時，〈與黃洞秀才〉：

> 寄示石刻，感愧雅意。求書字固不惜，但尋常因事點筆，隨即爲人取去。今卻於此中相識處覓得三紙付去，蓬僞因降，爲致區區之意。
> 〔註175〕

紹聖元年（1094），〈與李伯時〉：「《洗玉池銘》，更寫得小字一本，比之大字者稍精。請用陳伯修之說，更刻於石柱上爲佳。」〔註176〕紹聖四年，在惠州時〈與參寥子〉：「居閑，不免時時弄筆。見索書字要楷法，輒生數篇，終不甚楷也。」〔註177〕

蘇軾於英宗治平元年（1064）十月二十七日訪石蒼舒，曾爲石氏書字數幅作跋〈書所作字後〉：「浩然聽筆之所之而不失法度，乃爲得之。」於仁宗熙寧二年（1069）作詩〈石蒼舒醉墨堂〉：「我書意造本無法，點畫信手煩推求。」可見其書法，筆意揮灑，筆勢遒逸，超妙入神，不掩襲前人，自成一體。

附蘇軾書牘眞蹟於附錄三，以觀賞蘇軾的書藝。

五、畫

宋代繪畫藝術成就，集中體現爲兩種形式，其一是以精微狀物的寫實手段表現自然情境和生活氣息，達到了中國繪畫史的顛峰；其二是藉疏放簡率的筆墨抒發個性的文人畫藝術，直接開啓了元、明、清的文人畫活動。

北宋熙、豐年間，開始出現了文人畫熱潮，形成了宋代畫壇獨立的文人畫家群。文同、蘇軾、李公麟〔字伯時，舒城（今安徽舒城）人，仁宗皇祐元年～徽宗年（1049～1106）〕、米芾等文人士大夫從藝術理論和創作風格上確立了「士人畫」，即文人畫。他們強調畫家的品格和文化修養，在藝術上標新立異，

〔註172〕同註4，卷五十九，頁1786。
〔註173〕同註4，卷五十九，頁1788。
〔註174〕同註4，卷五十九，頁1789。
〔註175〕同註4，卷五十七，頁1729。
〔註176〕同註4，卷五十一，頁1509。
〔註177〕同註4，卷六十一，頁1865。

不爲形囿，不拘法度，以筆墨直抒胸臆，把政治失意所產生的精神壓抑渲泄在筆墨之間，表現畫外之意，在描繪形象世界的同時，展現出文人士大夫疏放不羈的精神世界。將詩、書、畫融爲一體，構成文人畫獨特的藝術語言。

　　蘇軾的畫，以書入畫，意在筆先，技法神超，富創進性。擅墨竹、朱竹、石木獨特畫法，隨意揮毫就呈現自然景物，就是他與米芾共創的士人畫且與文同並譽爲「文湖州竹派」的中堅，他特殊的畫法，後人傳爲「玉局法」，受文人畫派推崇備至。

　　黃庭堅〈題東坡竹石〉云：「石潤竹勁，佳筆也，恨不得李伯時發揮耳。」〔註178〕元豐元年（1078）四月，在徐州時〈與文與可〉：

> 近屢於相識處見與可作墨竹，惟劣弟只得一竿，未說《字說》潤筆，
> 只到處作記作贊，備員火下，亦合剩得幾紙。專令此人去請，幸毋
> 久秘。不爾，不惟到處亂畫，題云與可筆。〔註179〕

　　蘇軾認爲繪畫是文人直抒胸臆，宣洩情感的一種表達方式，即「適意」的表現，「意」指畫者的主觀感受，認爲必待胸中凝成繪畫對象清晰明朗的整體形象後，始能下筆。元豐四年三月，〈與王定國〉：

> 畫不能皆好，醉後畫得一二十紙中，時有一紙可觀，然多爲人持去，
> 於君豈復有愛，但卒急畫不成也。今後當有醉筆，嘉者聚之，以須
> 的信寄去也。〔註180〕

在與朋友信中可見蘇軾的畫爲朋友喜歡，常向他索畫。如元豐三年，〈與朱康叔〉：「數日前，飲醉後作得頑石亂篠一紙，私甚惜之。念公篤好，故以奉獻，幸檢至。」〔註181〕又曰「前日人還，曾附古木叢竹兩紙，必已到。」〔註182〕元豐六年，〈與蔡景繁〉：

> 向須畫扇，比已絕筆。昨日忽飲數酌，醉甚，正如公傳舍中見飲時
> 狀也。不覺書畫十扇皆遍，筆跡粗略，大不佳，眞壞卻也。適會人
> 便寄去，爲一笑耳。〔註183〕

〔註178〕明・毛晉輯：《津逮秘書・山谷題跋》，（明崇禎庚午（三年）虞山毛氏汲古閣
　　　　刊本），卷八，頁12。
〔註179〕同註4，卷五十一，頁1512。
〔註180〕同註4，卷五十二，頁1521。
〔註181〕同註4，卷五十九，頁1789。
〔註182〕同註4，卷五十九，頁1793。
〔註183〕同註4，卷五十五，頁1664。

元豐七年，離黃州時〈答賈耘老〉：

> 今日舟中無他事，十指如懸槌，適有人致嘉酒，遂獨飲一杯，醺然
> 徑醉。念賈處士貧甚，無以慰其意，乃為作怪石古木一紙，每遇幾
> 時，輒一開看，還能飽人否？〔註184〕

元豐八年，登州還朝時〈與王慶源〉：「示諭要畫，酒後信手，豈能復佳，寄
一扇一小軸去，作笑耳。」〔註185〕由以上題跋、書信可知東坡喜畫怪石、古
木、叢竹、蟹，而且喜歡在酒後乘興作畫。

第六節　修養類

一、修身之道

人的肉體與心靈是相互依存的。說到修身養性，重要是在於精神的修煉。
心寬而後體胖，神和而後人樂。善於修煉，心定神暢，安貧樂道，如東坡云：
「無事以當貴，早寢以當富，安步以當車，晚食以當肉。」道在心中，一切
應順乎自然，心之所適則可。中國佛教的禪宗，提倡「本心即佛」，所謂「一
心生萬法」，是面對世界萬家，吾人當以物與心同時，背負相當的責任而對應
以行。唯禪有理障之說，不為理或規範所役，解脫一切外在的羈絆，既不要
苦行，也不講坐禪，更不要讀經，這看似對傳統佛教的反叛，但它不是更能
得佛教精神的真趣嗎？養心之道恰與釋道相通。

（一）寬以待人

君子處世，待人貴在誠，寬和為佳。講究誠信與寬厚，要嚴於律己，寬
以待人。「寬」有寬容、寬和、寬厚、寬宏。古人說：「和以處眾，寬以接下，
恕以待人」。做人要寬厚大度，待人要與人為善。寬容別人的人，受益者不僅
是對方，同時也是自己。寬可以容人，厚可以載物，寬以待人天地寬。我國
古訓云：「待己者，當於無過中求有過；待人者，當於有過中求無過。」君子
不計小人過，以寬宏大量對待別人，處理起事情來就順利一些。對人大度，
不計小過，於人於己，於公於私都是利多而弊少。寬厚和大度，不僅是一種
待人的態度、方式，而且是一種胸襟、一種境界。

〔註184〕同註4，卷五十七，頁1726。
〔註185〕同註4，卷五十九，頁1815。

　　王安石與蘇軾，雖因個性和政治觀點不同，然人格、道德、學問，皆一流
人物，且篤信佛教，他們各經宦海浮沉及滲透世事滄桑之後，俱已毫無怨尤之
心。元豐七年四月，蘇軾自黃移汝，八月初，舟至金陵，當時王安石已賦閒，
他野服乘驢，謁於舟次，兩人同遊蔣山（鍾山），談禪說詩，益見惺惺相惜。蘇
軾與王安石，捐棄前嫌。因他在貶黃州期間，看到新法某些可取之處，對自己
過去的偏見有所反思。在徐州時，〈與滕達道〉信中可見：「某欲面見一言者，
蓋爲吾儕新法之初，輒守偏見，至有異同之論。雖此心耿耿，歸於憂國，而所
言差謬，少有中理者。今聖德日新，眾化大成，回視向之所執，益覺疏矣。若
變志易守以求進取，固所不敢，若譊譊不已，則憂患愈深。」〔註186〕

　　王安石曾勸蘇軾卜居金陵，得以安心治學，並可時相過從。蘇軾體會老
人身心的孤寂與蒼涼，因當時王安石老且病衰，愛子新喪，神宗對他已失去
信任，新黨內部呂惠卿又肆行反噬。蘇軾對於老宰相存撫教誨，恩意甚厚的
情懷，深感欣慰，有意在金陵買地購屋，但未遂，無法陪杖履終老鍾山之下。
蘇軾離開金陵次日，即在船上寫信〈與王荊公〉：

　　　　某游門下久矣，然未嘗得如此行，朝夕聞所未聞，慰幸之極。已別
　　　　經宿，悵仰不可言。伏惟台候康勝，不敢重上謁。伏冀順時爲國自
　　　　重。不宣。〔註187〕

九月，〈與王荊公〉：

　　　　某頓首再拜特進大觀文相公執事。某近者經由，屢獲請見，存撫教誨，
　　　　恩意甚厚。別來切計台候萬福。某始欲買田金陵，庶幾得陪杖屨，老
　　　　於鍾山之下。既已不遂，今儀眞一住，又已二十餘日，日以求田爲事，
　　　　然成否未可知也。若幸而成，扁舟往來，見公不難矣。〔註188〕

　　蘇軾去汝州（河南臨汝）是很勉強的，到金陵後更加動搖。他一面北行，
一面上書神宗，請求辭官。蘇軾另一友人章惇，進士登名，恥出姪衡下，委
敕而出。再舉甲科，調商洛令。與蘇軾游南山，抵仙游潭，潭下臨絕壁萬仞，
橫木其上，惇揖軾書壁，軾懼不敢書。惇平步過之，垂索挽樹，攝衣而下，
以漆墨濡筆大書石壁曰：「蘇軾、章惇來。」既還，神彩不動。軾拊其背曰：
「君他日必能殺人。」惇曰：「何也？」軾曰：「能自判命者，能殺人也。」

〔註186〕同註4，卷五十一，頁1478。
〔註187〕同註4，卷五十，頁1444。
〔註188〕同註187。

惇大笑。〔註189〕後來當宰相，執掌大權，不顧友情，將蘇軾發配嶺南，再貶海南，幾乎置於死地，但東坡以寬闊的胸懷寬恕他。元符三年（1100）九月，當東坡遇赦北歸時，章惇卻被貶嶺南雷州半島。建中靖國元年（1101）五月〈與黃師是〉：「子厚得雷，聞之驚歎彌日。海康地雖遠，無瘴癘，舍弟居之一年，甚安穩，望以此開譬太夫人也。」〔註190〕六月，章惇長子援（致平）剛從浙東來到京口，準備赴雷州半島探視被貶的父親。沿途傳聞蘇軾即將入相，因此寫信給蘇軾，希望一旦起用爲相，能在聖上面前美言成全其父。蘇軾於元祐時期，任主考官，曾以第一名錄取章援，所以看見門生來信大喜，顧謂其子叔黨曰：「斯文，司馬子長之流也。」命從者伸楮和墨，〈與章致平〉：

> 軾頓首致平學士：軾自儀眞得暑毒，困臥如昏醉中，到京口，自太
> 守以下皆不能見，茫然不知致平在此。得書乃漸醒悟，伏讀來教，
> 感歎不已！軾與丞相定交四十餘年，雖中間出處稍異，交情固無所
> 增損也。聞其高年寄跡海隅，此懷可知，但已往者更說何益！唯論
> 其未然者而已。主上至仁至信，草木豚魚所知。建中靖國之意，可
> 恃以安。海康風土不甚惡，寒熱皆適中，舶到時四方物多有，若昆
> 仲先於閩客川廣舟中準備家常要用藥百千去，自治之餘，亦可及鄰
> 里鄉黨。〔註191〕

蘇軾不記舊惡，對章惇寄予同情、慰藉，還顧慮老友會因頹喪而影響健康，勸他要保重。君子無纖毫之過，而小人忿忮，必致之死；小人負邱山之罪，而君子愛憐，猶欲其生，此君子小人用心所以不同處。

（二）和而不同

《論語‧子路》：「子曰：『君子和而不同，小人同而不和。』」孔子認爲，「同」是沒有自己的主張，盲目附和別人，人云亦云；「和」是指一方面堅守自己的獨立自主，另一方面又能與周圍的人相互協調。

蘇軾批評王安石，使人同己。如熙寧八年（1075）〈答張文潛縣丞書〉：

> 文字之衰，未有如今日者也。其源實出於王氏。王氏之文，未必不善
> 也，而患在於好使人同己。自孔子不能使人同，顏淵之仁，子路之勇，

〔註189〕元‧脫脫等編：《宋史》，（明成化十六年（1480）兩廣巡撫朱英刊嘉靖間南監修補本），卷四百七十一。
〔註190〕同註4，卷五十七，頁1743。
〔註191〕同註4，卷五十五，頁1643～1644。

不能以相移。而王氏欲以其學同天下！地之美者，同於生物，不同於
所生。惟荒瘠斥鹵之地，彌望皆黃茅白葦，此則王氏之同也。〔註192〕

　　王安石要天下人都同其學，因此，王安石門下無甚有名的人，而蘇門各
以自己獨特詩文傳世。正如張耒〈贈李德載〉古詩云：「黃郎蕭蕭日下鶴，陳
子峭峭霜中竹。秦文蒨藻舒桃李，晁論崢嶸走金玉。」〔註193〕因蘇軾特別注
重獨立的個體，個人都應有自己的特質。世界是個大宇宙，每個人都是一個
小宇宙，無論大宇宙，還是小宇宙，都是無限豐富，無限多樣，無限變化的。
尊重自己，也尊重別人，尊重自然和人類的規律，世界將更加絢麗多姿，人
類也將更加和諧美好。

　　（三）平淡曠達

　　曠達是一種出於自然的人生態度，然而，社會人生又斷難自然，這就決定
了東坡的人格、思想，充滿矛盾，有儒家的入世，道家的自然，還有佛家的空
幻。老莊講靜，佛家也講靜，蘇軾靜的思想中也有佛家的影響。但他對佛學思
想並不沉溺於玄奧教義，而是採取「爲我所用」的態度，即是吸取佛經中道理
淺顯的虛設言辭，以供自己洗去心靈上的污垢。「靜則定、定則虛、虛則明」，
從而達到較高的人生境界。虛可納實，靜能制動，爲政之道貴清靜而順民情，
求靜最終是爲了更有效地修身齊家治國平天下。蘇軾認爲學佛主要取其「靜而
達」，以保持達觀的人生態度。如元豐三年（1080）在黃州時，〈答畢仲舉〉：

> 佛書舊亦嘗看，但闇塞不能通其妙，獨時取其粗淺假說以自洗濯，若
> 農夫之去草，旋去旋生，雖若無益，然終愈於不去也。若世之君子，
> 所謂超然玄悟者，僕不識也。往時陳述古好論禪，自以爲至矣，而鄙
> 僕所言爲淺陋。僕嘗語述古，公之所談，譬之飲食龍肉也，而僕之所
> 學，豬肉也，豬之與龍，則有間矣，然公終日說龍肉，不如僕之食豬
> 肉實美而眞飽也。不知君所得於佛書者果何耶？爲出生死、超三乘，
> 遂作佛乎？抑尚與僕輩俯仰也？學佛老者，本期於靜而達，靜似懶，
> 達似放，學者或未至其所期，而先得其所似，不爲無害。〔註194〕

〈與子明兄〉：

〔註192〕同註4，卷四十九，頁1427。
〔註193〕宋・張耒撰：《張右史文集》，（上海商務印書館，民國18年），卷十三，頁
　　　　15。
〔註194〕同註4，卷五十六，頁1671～1672。

> 吾兄弟俱老矣，當以時自娛。世事萬端，皆不足介意。所謂自娛者，
> 亦非世俗之樂，但胸中廓然無一物，即天壤之內，山川草木蟲魚之
> 類，皆是供吾家樂事也。〔註195〕

〈答李寺丞〉：「僕雖遭憂患狼狽，然譬如當初不及第，即諸事易了。」〔註196〕
〈與趙晦之〉：

> 舊收得蜀人蒲永昇山水四軸，亦近歲名筆，其人已亡矣，聊致齋閣，
> 不罪浣瀆。藤既美風土，又少訴訟，優游卒歲，又復何求。某謫居
> 既久，安土忘懷，一如本是黃州人，元不出仕而已。〔註197〕

蘇軾隨遇而安，在艱難困苦中還能保持樂觀與幽默的個性。如紹聖元年（1094）
〈與子由弟〉：

> 惠州市井寥落，然猶日殺一羊，不敢與仕者爭買，時囑屠者，買其
> 脊骨耳。骨間亦有微肉，煮熟熱漉出，不乘熱出，則抱水不乾。漬
> 酒中，點薄鹽，炙微焦食之，終日抉剔，得銖兩於肯綮之間，意甚
> 喜之。如食蟹螯，率三五日一餔。子由三年堂庖，所食芻豢，沒齒
> 而不得骨，豈復知此味乎？此雖戲語，極可施用，但為眾狗待哺者
> 不悅耳！〔註198〕

蘇軾屢遭險巇，而於世事，漸覺空虛，心靜才可能漸漸達觀；只有達觀，
心才可能靜得下來。有積極的成分，也有消極的因素。透悟人生無可迴避的
煩惱，蘇軾以一種超越悲哀的獨特思維邏輯和方法，曠達的態度去面對。如
他在黃州時勸姻親蒲宗孟（字傳正）信中可見：「書畫奇物，老弟近年視之，
不啻如糞土也。」〔註199〕紹聖二年，朝廷下詔赦免降責官員，獨不赦元祐黨
人。蘇軾聞訊，〈與程正輔〉：

> 某睹近事，已絕北歸之望。然中心甚安之。未說妙理達觀，但譬如
> 元是惠州秀才，累舉不第，有何不可。知之免憂。〔註200〕

他被貶嶺南惠州半年，以樂觀和達觀，成為厄境中堅持生活信念的精神寄託。
紹聖二年三月，參寥禪師遣人攜帶藥物前來問訊，復書〈與參寥子〉：

〔註195〕同註4，卷六十，頁1832。
〔註196〕同註4，卷六十，頁1826。
〔註197〕同註4，卷五十七，頁1711。
〔註198〕同註4，卷六十，頁1837。
〔註199〕同註4，卷六十，頁1819。
〔註200〕同註4，卷五十四，頁1593。

某到貶所半年，凡百粗遣，更不能細說，大略只似靈隱天竺和尚退院後，卻住一箇小村院子，折足鐺中，罨糙米飯便喫，便過一生也得。其餘，瘴癘病人。北方何嘗不病，是病皆死得人，何必瘴氣。但苦無醫藥。京師國醫手**裏**死漢尤多。參寥聞此一笑，當不復憂我也。故人相知者，即以此語之，餘人不足與道也。〔註201〕

東坡認爲，瘴氣並不足懼，可怕的是時弊。紹聖五年（1098）六月，在儋州（今海南島），當時是蠻荒瘴炎之地，流放死囚之所。蘇軾胸襟豁達，心平氣和，詼諧地對待成敗、榮辱、生死、名利，淡泊以明志，寧靜以致遠，微笑迎接人生，達到自適的境界。在惡劣環境中還坦然生活，任憑自然，進退不強求，曠達的人生思想使人保持對生活的信念和樂觀態度。如〈與程秀才〉：

此間食無肉，病無藥，居無室，出無友，冬無炭，夏無寒泉，然亦未易悉數，大率皆無耳。惟有一幸，無甚瘴也。近與兒子結茅屋數椽居之，僅庇風雨，然勞費已不貲矣。賴十數學生助工作，躬泥水之役，愧之不可言也。尚有此身，付與造物者，聽其運轉，流行坎止，無不可者。故人知之，免憂。萬萬自愛。〔註202〕

又：

新居在軍城南，極湫隘，粗有竹樹，煙雨濛晦，真蜑塢獠洞也。惠酒佳絕。舊在惠州，以梅醞爲冠，此又遠過之。牢落中得一醉之適，非小補也。〔註203〕

蘇軾認爲進退自若、窮通皆樂。在儋耳，生活困厄，卻處之泰然，胸懷豁達，隨遇而安，充滿了心靈的喜悅，思想的快樂。在艱難困苦中還能保持達觀與幽默，在人生的逆境中，仍不失輕鬆和愉快，是君子坦蕩蕩的磊落襟懷，只有修練自得的人，才能達到這種境界，頗有「自了」「自救」「自得」之樂，因他「求仁得仁」。

（四）理佛參禪

蘇軾從小耳濡目染佛教氣氛，但是，蘇軾初步接觸佛理，是在鳳翔簽判任時王彭與他談佛法，對蘇軾佛學思想頗有影響。他們的交情，可見於〈王大年哀辭〉云：「嘉祐末，予從事岐下。而太原王彭，字大年，監府諸軍。居相鄰，

〔註201〕同註4，卷六十一，頁1865。
〔註202〕同註4，卷五十五，頁1628。
〔註203〕同註202。

日相從也。時太守陳公弼馭下嚴甚，威震旁郡，僚吏不敢仰視。君獨侃侃自若，未嘗降色詞，公弼亦敬焉。……予聞而賢之，始與論交。君博學精練，書無所不通。尤喜予文，每爲出一篇，輒拊掌歡然終日。予始未知佛法，君爲言大略，皆推見至隱以自證耳，使人不疑。予之喜佛書，蓋自君發之。」〔註204〕

東坡對於佛教的容受態度，並不把佛教當做一種宗教，而是當做一種哲學看待，他的想法，是把佛理和「易」、「道」之說互相調和。他自認爲是僧人轉世，倅杭時，有一次與佛印禪師同遊壽星寺，以前從未來過，但總覺景物眼熟。元豐四年（1081）十二月，〈答陳師仲主簿書〉：

> 軾於錢塘人有何恩意，而其人至今見念，而軾亦一歲率常四五夢至
> 西湖上，此殆世俗所謂前緣者。在杭州嘗遊壽星院，入門便悟曾到，
> 能言其院後堂殿山石處，故詩中嘗有「前生已到」之語。〔註205〕

蘇軾謫居黃州時，初寓定惠院，因心理上受到嚴重挫折，於是決定歸誠佛僧。元豐三年三月〈與王定國〉：「某寓一僧舍，隨僧蔬食，甚自幸也。感恩念咎之外，灰心杜口，不曾看謁人。」〔註206〕元豐三年三月，〈與章子厚參政書〉曰：「初到，一見太守，自餘杜門不出。閑居未免看書，惟佛經以遣日，不復近筆硯矣。」〔註207〕蘇軾研究佛理，在黃州時曾以書信與弟討論佛法，〈與子由弟〉：

> 任性逍遙，隨緣放曠，但盡凡心，別無勝解。以我觀之，凡心盡處，
> 勝解卓然。但此勝解，不屬有無，不通語言，故祖師教人，到此便
> 住。如眼翳盡，眼自有明，醫只有除翳藥，何曾有求明方？明若可
> 求，即還是翳。固不可於翳中求明，即不可言翳外無明。而世之昧
> 者，便將頹然無知，認作佛地。〔註208〕

佛學是由心性上立本，主張採取自由心證的態度，重視自家的生活體驗，要求以簡易直接的方法，反求諸己，所謂我心自有佛、見性成佛。佛說：「諸行無常，諸法無我，涅槃寂靜。」，「無常」、「無我」，人便能主動拋棄一切以自我爲中心的意念及情勢，斷滅煩惱，從痛苦中解脫出來。

蘇軾南遷之後，境況益艱，始脫世情，故感歎曰：「我本修行人，三世積

〔註204〕宋・蘇軾撰，楊家駱主編：《蘇東坡全集》，（臺北：世界書局，民國85年2月），上冊，頁513。
〔註205〕同註4，卷四十九，頁1428～1429。
〔註206〕同註4，卷五十二，頁1513。
〔註207〕同註4，卷四十九，頁1412。
〔註208〕同註4，卷六十，頁1834。

精鍊，中間一念失，受此百年譴。」因他以為前身係「戒和尚」，早歲未能遯跡山林，參禪理佛，以致身受罪孽。紹聖二年（1095）五月，〈與南華辯老〉曰：「竄逐流離，愧見方外人之舊，達觀一視，延館加厚，洗心歸依，得見祖師。」〔註209〕蘇軾學佛禪體悟身心超脫的空觀之智——「人生似幻化，終當歸空無」，所以他隨遇而安，心靈平和。

（五）老莊思想

蘇軾八歲時，在眉山跟天慶觀道士張易簡求學，所以從小受到道家教育。傾心老莊哲學，尤其莊子思想。蘇轍〈亡兄子瞻墓誌銘〉云：「既而讀《莊子》，喟然嘆息曰：『吾昔見於中，口未能言，今見《莊子》，得吾心矣。』」〔註210〕

蘇軾特愛莊子齊物哲學，在莊子以為是非的對立，那是相對的，能夠看破而超越，纔有絕對的自由，而能夠觀照實在之真相。他有老子的「曲則全、枉則直、窪則盈、敝則新、少則得、多則惑」；莊子的「天地與我並生，萬物與我為一」思想，使他安貧樂道。如元豐三年（1080），在黃州〈答畢仲舉〉：

> 黃州濱江帶山，既適耳目之好，而生事百須，亦不難致，早寢晚起，
> 又不知所謂禍福果安在哉？偶讀《戰國策》，見處士顏斶之語「晚食
> 以當肉」，欣然而笑。若斶者，可謂巧於居貧者也。茉羹菽黍，差饑
> 而食，其味與八珍等；而既飽之餘，芻豢滿前，惟恐其不持去也。
> 美惡在我，何與於物。〔註211〕

蘇軾不單是過著消極的隱遁生活，他還是有儒家的入世思想，積極的要求對社會的工作。他堅守樂天主義，融合道家的齊物論，如莊子，不為得失榮辱所累，超然曠觀的精神，和儒家善良思想，相信人世界順、逆境是循環的，認為賈誼早逝，是因不善處窮，所以流謫期間，也能忍受身心的痛苦，以儒學修其身，佛學治其心，道教養其身，入仕時用儒學經世濟民的志意與謫居時以佛老超脫物外、隨緣自適的思想，正如《孟子・盡心》云：「窮則獨善其身，達則兼善天下。」

二、養生之道

養生是指如何保養身心，使其健全，以求延年益壽，必須靠內修（保精

〔註209〕同註4，卷六十一，頁 1871。
〔註210〕宋・蘇轍撰：《欒城集・後集》，（明嘉靖二十年蜀藩刊本），卷二十二。
〔註211〕同註4，卷五十六，頁 1671。

行氣）和外養（外服上藥），外輕而內順，養生之道也就大體具備了。養生以養人心性，涵養精神為主，而輔以服食丹藥，調理飲食。養生者其內心必須「清虛靜泰，少私寡欲」；要精神專一，對於傷生害性之因素要善於防微杜漸，又須持之以恆，始期有成。元豐六年〈與李公擇〉：

> 諭養生之法，雖壯年好訪問此術，更何所得。然比年流落瘴地，苦無他疾，似亦得其力爾。大約安心調氣，節食少欲，思過半矣，餘不足言。〔註212〕

紹聖三年東坡寫信給陸惟忠道士，體會健康長壽之道，必須起居作息規律，生活正常，動靜咸宜。於〈與陸子厚〉：

> 嵇中散云：「守之以一，養之以和，和理日濟，同乎大順，然後蒸以靈芝，潤以醴泉，晞以朝陽，綏以五絃。」僕今除五絃不用外，其他舉以中散為師矣。〔註213〕

嵇康（官任中散大夫，世稱嵇中散）時正是魏晉易代之際，受漢末以來道教神仙長生之說的影響，在士代夫中間盛行一種服食丹藥以求長生的風尚，嵇康也不例外，《晉書・嵇康傳》：「常修養性服食（即服食丹藥）之事，彈琴詠詩，自足于懷」，即可概見其養生之情。他的《養生論》闡述養生之道，認為神仙稟受自然的異氣，不是人所學習能達到的，但導養得理，上獲千餘歲，下可數百年，則是可能的。世人之所以中道而夭，是因為不精於養生之道。養生包括精神和形體兩方面。養神，指精神修養而言，即要恬靜寡欲，體氣和平；養形，指呼吸吐納，服食養身，導引呼吸之術可以鍛鍊人體機能，「上藥養命，中藥養性」，服用妙藥可以保養身體。二者兼顧，使「形神相親，表裏相濟。長此以往，便能延年益壽。他反對「惟五穀是見，聲色是耽」，認為「飲食不節以生百病，好色不倦以致乏絕」，認為喜怒哀樂損害精神，傷害身體。蘇軾這封信顯示養生是以嵇康為師。蘇軾到嶺南就住羅浮山下，羅浮山是葛洪晚年燒煉丹藥之處，所以對煉丹越來越感興趣。紹聖三年〈與程正輔〉：

> 某近頗好丹藥，不惟有意於卻老，亦欲玩物之變，以自娛也。聞曲江諸場，亦有老翁須生銀是也。甚貴，難得，兄試為體問，如可求，買得五、六兩，為佳。若費力難求即已，非急用也。〔註214〕

〔註212〕同註4，卷五十一，頁1499。
〔註213〕同註4，卷六十，頁1853～1854。
〔註214〕同註4，卷五十四，頁1615。

丹砂已有，還要合藥，所以託程正輔買松脂、硫黃，還要爐子煮煉，所以要買鐵爐熬。紹聖四年〈與程正輔〉：

> 廣州多松脂，閎甫嘗買，用桑皮灰煉得甚精，因話告求數斤。仍告正輔與買生者十斤，因便寄示。舶上硫黃如不難得，亦告爲買通明者數斤，欲以合藥散。鐵爐熬，可作時羅夾子者，亦告爲致一副中樣者。三物，皆此中無有也。〔註215〕

飲酒可以和血脈，每日稍飲一杯對身體有益。元豐四年（1081）十月二十一日，作〈飲酒說〉，其一云：

> 嗜飲酒人，一日無酒則病，一旦斷酒，酒病皆作。謂酒不可斷也，則死於酒而已。斷酒而病，病有時已，常飲而不病，一病則死矣。吾平生常服熱藥，飲酒雖不多，然未嘗一日不把盞。自去年來，不服熱藥，今年飲酒至少，日日病，雖不爲大害，然不似飲酒服熱藥時無病也。今日眼痛，靜思其理，豈或然耶？〔註216〕

元祐九年（1094）蘇軾在定州任，二月二十三日作〈中山松醪賦〉〔註217〕晁補之云：「〈松醪賦〉者，蘇公之所作也。公帥定武，飭廚傳，斷松節以釀法，云：『飲之愈風扶衰。』松，大廈材也。摧而爲薪，則與蓬蒿何異。今雖殘，猶可收功於藥餌。則世之用材者，雖斲而小之，爲可惜矣。儻因其能，轉敗而爲功，猶無不可也。」〔註218〕紹聖二年（1095）三月，〈與程正輔〉：

> 老兄近日酒量如何？弟終日把盞，積計不過五銀盞爾。然近得一釀法，絕奇，色香味皆疑於官法矣。使旆來此有期，當預醞也。向在中山，創作松醪，有一賦，閑錄呈，以發一笑。〔註219〕

東坡喜歡置酒款客，如在惠州釀桂酒請客，看見客人舉杯徐飲，他胸中爲之浩浩落落，酣暢快適。紹聖二年三月，〈與錢濟明〉：「嶺南家家造酒，近得一桂香酒法，釀成不減王晉卿家碧香，亦謫居一喜事也。」〔註220〕紹聖三年，〈與陸子厚〉：「桂酒，乃仙方也，釀桂而成，盎然玉色，非人間物也。」

〔註215〕同註4，卷五十四，頁1621。

〔註216〕同註4，卷七十三，頁2371。

〔註217〕宋・蘇軾撰，楊家駱主編：《蘇東坡全集》，（臺北：世界書局，民國85年2月），上冊，頁510。

〔註218〕宋・蘇軾撰，宋・郎曄注：《經進東坡文集事略》，（上海商務印書館影印宋刊本），卷二，頁5。

〔註219〕同註4，卷五十四，頁1590。

〔註220〕同註4，卷五十三，頁1551。

〔註221〕蘇軾於〈桂酒頌〉云：「桂酒……利肝腑氣，殺三蟲，輕身堅骨，養神發色，使常如童子，療心腹冷疾，爲百藥先。……久服，可行水上。此輕身之效也。」〔註222〕可見桂酒不獨養身，且可輕身求道。元豐三年正月，蘇轍自南都來陳相別，見他面色特別清潤，目光炯炯，認爲是行內丹功與服朱砂的效能。於〈與王定國〉：

> 揚州有侍其太保者，官於瘴地十餘年。北歸面紅潤，無一點瘴氣。只是用摩腳心法耳。此法，定國自己行之，更請加功不廢。每日飲少酒，調節飲食，常令胃氣壯健。安道軟朱砂膏，某在湖州服數兩，甚覺有益。到彼可久服。子由昨來陳相別，面色殊清潤，目光炯然，夜中行氣臍腹間，隆隆如雷聲。其所行持，亦吾輩所常論者，但此君有志節能力行耳。〔註223〕

道家氣功修練法，大都遵循放鬆、入靜、精神集中等程序，逐漸進入忘我的狀態。元豐三年十月，於〈與王定國〉：

> 冬至，已借得天慶觀道堂三間，燕坐其中，謝客四十九日，雖不能如張公之不語，然亦常闔戶反視，想當有深益也。……道術多方，難得其要，然以某觀之，惟能靜心閉目，以漸習之，但閉得百十息，爲益甚大，尋常靜夜，以脈候得百二、三十至，迺是百二、三十息爾。數爲之，似覺有功。幸信此語，使真氣雲行體中，瘴冷安能近人也？〔註224〕

元豐三年（1080）十月，寫信給秦觀，告訴他已借道場學行氣作靜功。於〈答秦太虛〉：

> 已借得本州天慶觀道堂三間，冬至後，當入此室，四十九日乃出。自非廢放，安得就此。太虛他日一爲仕宦所縻，欲求四十九日閑，豈可復得耶？〔註225〕

元豐三年十一月，於〈與寶月大師〉：「然近來頗常齋居養氣，自覺神凝身輕，他日天恩放停，幅巾杖屨，尚可放浪於岷峨間也。」〔註226〕蘇軾體認道以宇

〔註221〕同註4，卷六十，頁1853～1854。
〔註222〕同註4，卷二十，頁594。
〔註223〕同註4，卷五十二，頁1514。
〔註224〕同註4，卷五十二，頁1517～1518。
〔註225〕同註4，卷五十二，頁1535。
〔註226〕同註4，卷六十一，頁1889。

宙萬物爲本體，主體只要通過「坐忘」、「無我」養成「虛靜」心態，然後以「虛靜」心態去體悟自然無爲的道，便可獲得人生自由，進入灑脫境界。

（一）重視養生

凡人都必然面臨生老病死的問題，但講究養生可使老化減緩，生病也可經由藥物、心理與物理治療。不但可救，且可救人或濟世。蘇軾學道，一直想延年益壽、羽化登仙。據葛洪《抱朴子・仙藥篇》認爲道家的外養上藥最好的依次有丹砂、黃金、白銀三種，上要的功能是「令人身安命延，昇爲天神。遨遊上下，使役萬靈，體生毛羽，行廚立至。」蘇軾對現實世界越是絕望，道家那昂首天外，鄙棄濁世的精神，及那超凡出塵、飛升遐舉的幻想，對他越有吸引力，於是想找丹砂，煉丹藥。元豐三年正月，於〈與王定國〉：

> 近有人惠丹砂少許，光彩甚奇，固不敢服，然其人教以養火，觀其變化，聊以怡神遣日。賓去桂不甚遠，朱砂若易致，或爲致數兩，因寄及，稍難即罷，非急用也。窮荒之中，恐有一二奇士，但以冷眼陰求之。大抵道士非金丹不能解化，而丹材多出南荒，故葛稚川求峋嶁令，竟化於廣州，不可不留意也。……道術多方，難得其要，然以某觀之，唯能靜心閉目，以漸習之，但閉得百十息，爲益甚大，尋常靜夜，以脈候得百二三十至，迺是百二三十息爾。數爲之，似覺有功。幸信此語，使眞氣雲行體中，瘴冷安能近人也。〔註227〕

元豐六年（1083）初，臥病半年，症候是左臂腫痛，斷爲食物中毒，亦即服丹砂所致，由龐安常用鍼醫治。〈與陳季常〉：

> 近因往螺師店看田，既至境上，潘尉與龐醫來相會。因視臂腫，云非風氣，乃藥石毒也。非鍼去之，恐作瘡乃已。遂相率往麻橋龐家，住數日，鍼療。尋如其言，得愈矣。〔註228〕

左臂腫痛尚未清快，又因風毒攻右目，幾至失明。他曾於元祐元年與龐安常討論古人明目之方。於〈答龐安常〉：

> 古人作明目方，皆先養腎水，而以心火暖之，以脾固之。脾氣盛則水不下泄，心氣下則水上行，水不下泄而上行，目安得不明哉？孫思邈用磁石爲主，而以朱砂、神麴佐之，豈此理也夫。安常博極群

〔註227〕同註4，卷五十二，頁 1517～1518。
〔註228〕同註4，卷五十三，頁 1565。

書，又善窮物理，當為僕思之。〔註229〕

東坡在惠州時，曾與循守周文之友善。他曾有書信指導用藥：

> 聞公服何首烏，是否此藥溫厚無毒。李習之傳正爾愛之，無炮製。
> 今人乃用棗或黑豆之類蒸熟，皆損其力。僕亦服此藥，但採得陰乾，
> 便搗羅為末。棗肉或煉蜜和入白中，萬杵乃丸服，極有力，無毒，
> 恐未得此法，故以奉白。〔註230〕

在惠州，因入瘴癘之鄉，而藥物太少，他認為治瘴止用薑、蔥、豉三物濃煮熱呷，無不效者。〈與王敏仲〉：

> 林醫遂蒙補授，於旅泊處衰病，非小補也。又工小兒、產科。幼累
> 將至，且留調理，渠欲往謝，未令去也，乞不罪。治瘴止用薑、蔥、
> 豉三物，濃煮熱呷，無不效者。而土人不知作豉。又此州無黑豆，
> 聞五羊頗有之，便乞為致三碩，得為作豉，散飲疾者。〔註231〕

在惠州最感苦惱，就是痔病，百藥不療。於〈與王庠〉：

> 南遷以來，便自處置生事，蕭然無一物，大略似行腳僧也。近日又
> 苦痔疾，呻吟幾百日，緣此斷葷血鹽酪，自食淡麵一斤而已。非獨
> 以愈疾，實務自枯槁，以求寂滅之樂耳。〔註232〕

〈與程正輔〉：

> 軾舊苦痔疾，蓋二十一年矣。近日忽大作，百藥不效，雖知不能為
> 甚害，然痛楚無聊兩月餘，頗亦難當。出於無計，遂欲休糧以清淨
> 勝之，則又未能遽爾。但擇其近似者，斷酒斷肉，斷鹽酢醬菜，凡
> 有味物，皆斷，又斷粳米飯，惟食淡麵一味。其間更食胡麻、伏苓
> 炒少許取飽。胡麻、黑脂麻是也。去皮，九蒸曝白。伏苓去皮，搗
> 羅入少白蜜，為炒，雜胡麻食之，甚美。如此服食已多日，氣力不
> 衰，而痔漸退。〔註233〕

蘇軾主張服食天然中藥補身，認為用金屬、礦石燒煉的藥物會傷身，知好友章惇父子煉外丹，所以於建中靖國元年（1101）六月，寫信〈與章致平〉：

〔註229〕同註4，卷五十三，頁1586～1587。
〔註230〕宋・蘇軾撰，楊家駱主編：《蘇東坡全集》，（臺北：世界書局，民國85年2月），下冊，頁217。
〔註231〕同註4，卷五十六，頁1694。
〔註232〕同註4，卷六十，頁1820。
〔註233〕同註4，卷五十四，頁1612～1613。

又丞相知養內外丹久矣，所以未成者，正坐大用故也。今茲閒放，
正宜成此。然可自內養丹。切不可服外物也。舒州李惟熙丹，化鐵
成金，可謂至矣，服之皆生胎髮。然卒爲癰疽大患，皆耳目所接，
戒之！戒之！某在海外，曾作《續養生論》一首，甚欲寫寄，病困
未能。到毘陵，定疊檢獲，當錄呈也。〔註234〕

（二）養生之要徑

蘇軾平時對健康的維護很注意，每日散步、靜坐、臨睡前的沐浴、每月
沐髮一次，都已養成習慣。可見〈安國寺浴〉詩：

老來百事懶，身垢猶念浴。衰髮不到耳，尚須月一沐。山城足薪炭，
煙霧濛湯谷。塵垢能幾何，儼然脫羈梏。披衣坐小閣，散髮臨修竹。
心困萬緣空，身安一床足。豈惟忘淨穢，兼以洗榮辱。默歸無多談，
此理觀要熟。〔註235〕

蘇軾在黃州躬耕時，披星戴月，對自然界的觀察，頗有心得，體悟出養生之
道。元豐五年八月，〈與子由弟〉：

或爲予言，草木之長，常在昧明間。早起伺之，乃見其拔起數寸，
竹筍尤甚。夏秋之交，稻方含秀，黃昏月出，露珠起于其根，纍纍
然忽自騰上，若推之者，或綴于莖心，或綴于葉端。稻乃秀實，驗
之信然。此二事，與子由養生之說契，故以此爲寄。〔註236〕

平日的保養是非常重要，蘇軾在黃州崇道，注重衛生經，即是日常保健法。
元豐六年六月，〈與蔡景繁〉：

近來頗佳健，一病半年，無所不有，今又一時失去，無分毫在者。
足明憂喜浮幻，舉非眞實。因此頗知衛生之經，平日妄念雜好，掃
地盡矣。〔註237〕

蘇軾常用一些食補來養生。如在黃州〈與徐十二〉：

今日食薺極美。念君臥病，麵、酒、醋皆不可近，唯有天然之珍，
雖不甘於五味，而有味外之美。《本草》：薺和肝氣，明目。凡人夜

〔註234〕同註4，卷五十五，頁1643～1644。
〔註235〕宋·蘇軾撰，楊家駱主編：《蘇東坡全集》，（臺北：世界書局，民國85年2
　　　　月），上冊，頁133。
〔註236〕同註4，卷六十，頁1833。
〔註237〕同註4，卷五十五，頁1665。

則血歸於肝，肝為宿血之臟，過三更不睡，則朝旦面色黃燥，意思
荒浪，以血不得歸故也。若肝氣和，則血脈通流，津液暢潤，瘡疥
於何有？君今患瘡，故宜食薺。其法，取薺一二升許，淨擇入淘了，
米三合、冷水三升、生薑不去皮，搥兩指大，同入釜中，澆生油一
蜆殼多於羹面上，不得觸，觸則生油氣，不可食，不得入鹽、醋。
君若知此味，則陸海八珍，皆可鄙厭也。天生此物，以為幽人山居
之祿，輒以奉傳，不可忽也。〔註238〕

他自己也有一套烹調法，如豬肉烹調，在元豐六年（1083）二月，〈與子安兄〉：
「常親自煮豬頭，灌血睛，作薑豉荣羹，宛有太安滋味。」〔註239〕元祐五年
（1090）在杭任時，授烹魚法予錢穆父。於〈與錢穆父〉：

竹萌亦佳眖，取筍簞菘心與鯽相對，清水煮熟，用薑蘆服自然汁及
酒三物等，入少鹽，漸漸點灑之，過熟可食。不敢獨味此，請依法
作，與老嫂共之。〔註240〕

元符三年（1100）八月《東坡志林‧記三養》云：「一曰安分以養福；二
曰寬胃以養氣；三曰省費以養財。」〔註241〕元豐六年〈與李公擇〉：「口體之
欲，何窮之有，每加節儉，亦是惜福延壽之道。」〔註242〕〈與廣西憲曹司勳〉：
「養生亦無他術，安寢無念，神氣自復。」〔註243〕蘇軾晚年認識到多欲自殘
的道理，首先從節制情欲開始。南遷途中，〈答劉無言〉：「此行但有感恩知罪，
省分絕欲。守此四言，行之終身。」〔註244〕大概從紹聖二年（1095）起，遵
照道家關於老人要閉精的忠告，改變了早年多欲的習慣，開始獨睡，不再接
近女人，獨宿一年半，覺得很有益。〈答張文潛〉：

疾久已掃除，但凡害生者無復有，則真氣日滋，骨髓餘益，形神卓
然復壯，無三年之功也。某清淨獨居，一年有半爾。已有所覺，此
理易曉無疑也。然絕欲，天下之難事也，殆似斷肉。今使人一生食

〔註238〕同註4，卷五十七，頁1733。
〔註239〕同註4，卷六十，頁1829。
〔註240〕同註4，卷五十一，頁1506。
〔註241〕宋‧蘇軾撰：《東坡志林》，（上海：上海商務印書館，民國9年3月），卷一，
　　　　頁8。
〔註242〕同註4，卷五十一，頁1499。
〔註243〕宋‧蘇軾撰，楊家駱主編：《蘇東坡全集》，（臺北：世界書局，民國85年2
　　　　月），下冊，頁120。
〔註244〕同註4，卷五十九，頁1804。

菜，必不肯。且斷肉百日，似易聽也，百日之後，復展百日，以及
期年，幾忘肉矣。〔註245〕

《莊子・天道篇》：「夫虛靜恬淡寂漠無爲者，萬物之本也。」〔註246〕一切與
自然同化，人的主觀情識完全寄寓在自然中，順隨自然，人的感情似乎已不
再見有大的波動，因而顯現平和與曠放的情緒。

〔註245〕同註4，卷五十二，頁 1538。
〔註246〕清・郭慶藩編：《莊子集釋》，（臺北：群玉堂書局，民國 80 年 10 月），頁 1538。

字與文，一氣揮灑，相映成趣，是中國獨有的藝術。錢穆云：「書牘之難，人所難曉。……必求其自然，又皆不脫應酬人情，世俗常套，故極難超拔，化臭腐為神奇，自非有深造於文學之極詣者，實不易為也。」〔註4〕然蘇軾性情率眞，書牘中自然流露情感，如〈答李端叔書〉：「信筆書意，不覺累幅」〔註5〕字亦隨文眞情坦露，賞其遺墨，猶可見其文風格。

三、文如其人

蘇軾豁達灑脫、才情奔放，如〈密州通判廳題名記〉云：「與人無親疏，輒輸寫腑臟，有所不盡，如茹物不下，必吐出乃已。」〔註6〕書文點滴實錄任意自適，行間字跡志趣自然流露，其超逸的性格絲毫無矯飾做作，眞是文如其人，所以研究他的奏議、書牘必能更透徹瞭解其生平與思想。如其〈上神宗皇帝書〉：「惟當披露腹心，捐棄肝腦，盡力所至，不知其它。」〔註7〕又如〈與李公擇〉：「道理貫心肝，忠義塡骨髓。」〔註8〕秉筆直書，忠肝義膽，氣節凜然，經世致用的積極入世的儒學思想。但經一再貶謫，融合佛、道的出世思想，如〈答秦太虛〉：「初到黃，廩入既絕……水到渠成，不須預慮。以此，胸中都無一事。」〔註9〕悲苦仍超然物外，見其人格自然率眞，是以儒學致君堯舜經世濟民的思想修身，以佛老的達觀處世的態度治心，做了極圓滿的融合。

奏議、書牘價值：

一、體現中國儒、釋、道文化精神

蘇軾以儒家立足，齊家治國以四維八德為則，躬行實踐。他入世熱情，國家危難、生靈塗炭時，不畏權術，不計個人毀譽，為國為民。但當遭貶謫時，受佛、道影響，有曠達超脫的襟懷。這三家為中國文化精神，為其奏議、書牘所包含、亦可窺其儒、釋、道思想演變軌跡。

緒壬午（八年，1882）江蘇書局重刊本），卷九。

〔註4〕羅聯添：《中國文學史論文選集（三）・雜論唐代古文運動》，（臺北：臺灣學生書局，民國68年3月），頁1019。

〔註5〕孔凡禮：《蘇軾文集》，（北京：中華書局，1996年2月），卷四十九，頁1433。

〔註6〕同註5，卷十一，頁376。

〔註7〕同註5，卷二十五，頁729。

〔註8〕同註5，卷五十一，頁1500。

〔註9〕同註4，卷五十二，頁1536。

二、教育價值

　　蘇軾奏議中治政治軍，比喻如養身，如〈代張方平諫用兵書〉曰：「臣聞好兵猶好色也。傷生之事非一，而好色者必死。賊民之事非一，而好兵者必亡。此理之必然者也。」〔註10〕〈代滕甫論西夏書〉：

> 臣近患積聚，醫云：據病，當下，一月而愈。若不下，半年而愈。然中年以後，一下一衰。積衰之患，終身之憂也。……近日臣僚獻言欲用兵西方，皆是醫人欲下一月而愈者也。……俗言彭祖觀井，自係大木之上，以車輪覆井，而後敢觀，此言雖鄙而切於事。陛下愛民憂國，非特如彭祖之愛身。而兵者凶器，動有存亡，其陷人可畏，有甚於井。〔註11〕

蘇軾用此兩喻，反對急於求功，主張慎於用兵。循循善誘，以君相自任，教育我們凡事勿急功好利，三思而後行。書牘中論及治家治人，以身作則，對子孫、門人，懇摯勸勉，作育人才，亦不遺餘力。

三、學術價值

　　修業方面，常指點後進治學方向，書牘中陳述文藝創見，文、詩、詞、書、畫理論敘述詳盡、切實，對其學術思想研究，頗有裨益。唐・宋八大家中最受推崇的是「韓、柳、歐、蘇」，而蘇軾更將北宋散文創作推向巔峰。清・桂馥跋〈顏氏家藏尺牘〉云：「古人尺牘不入本集，李漢編《昌黎集》，劉禹錫編《河東集》，俱無之。自歐、蘇、黃、呂，以及方秋崖、盧柳南、趙清曠，始有專本。」〔註12〕可見蘇軾奏議、書牘對後世影響深遠。後人於激賞蘇軾散文、詩賦成就之餘，往往忽略了他的奏議、書牘對中國學術發展的影響——在文藝理論，談史、論今、暢敘、抒懷……等方面——與他的其他作品佔有同等重要地位。

　　蘇軾一生理念為：

一、憂國愛民

　　「仁」為儒學中心思想，以「民本」為基礎。《孟子・滕文公》云：「得天下有道，得其民，斯得天下矣，得其民有道，得其心，斯得民矣。」欲秉

〔註10〕同註5，卷三十七，頁1048。
〔註11〕同註5，卷三十七，頁1052～1053。
〔註12〕同註2。

國政者，以愛民爲先，一切爲人民著想，則民心自得，而國基亦固。如於〈上神宗皇帝書〉：「人心之於人主也，如木之有根，如燈之有膏，如魚之有水，如農夫之有田，如商賈之有財。」〔註13〕又於元豐元年〈與章子厚〉曰：「不仁而可與言，則何亡國敗家之有。」〔註14〕認爲治國當以「仁」爲重。治天下應順民心，即由「仁」而「仁政」。如《論語・陽貨》子張問仁於孔子。孔子曰：「恭、寬、信、敏、惠。恭則不侮，寬則得眾，信則人任焉，敏則有功，惠則足以使人。」所以蘇軾在密州請罷榷鹽、善理盜賊、在徐州拯救洪水、在黃州關心溺嬰、在杭州疏浚西湖、在揚州論稅務、在惠州重視民瘼，皆是「仁」的表現。

二、均民富國

　　《荀子・富國》云：「足國之道，節用裕民，而善藏其餘。節用以禮，裕民以政。」減輕人民稅賦，便利器用，減少力役，不奪農時，五穀不絕，使人能盡其力，地能盡其利，如是，則國家富足矣。《荀子・君道》云：「善生養人者人親之。」人君生養人民而寓富於民，乃治國安民之良策，故利民、富民乃爲政之本。

　　蘇軾堅守儒家爲臣、事君、作人等方面的理想和道德，竭力勉爲，但對於個人的窮通得失卻相當豁達。無論在朝廷或地方官任上，他都能做到不隨人俯仰，不看重利祿，爲官一任，造福一方。由觀蘇軾奏議、書牘，可知其思想與成就，要言之如下：

一、樂天豁達的人生觀

　　蘇軾宦途坎坷，幾乎大半輩子都在貶謫中度過，最遠甚至流放海南島，最後卒於歸田途中。這樣的人生，若由世俗眼光來看，自是一種不幸；然而對於蘇軾來說，卻豐富了他的人生體驗，提煉出光明灑脫的心境，獲得文學創作上的高度成就。在其書牘中雖有傾訴情懷之語，卻罕見愁苦之辭，何能如此？他的奏議、書牘告訴我們，人生的悲與樂，關鍵在於心而不在於物。只要樂天知足，不爲外物所役，便可隨遇而安，用欣賞的眼光來觀覽所遭遇的一切，從而發現每件事物都有引人入勝之處，而爲我心悅樂的泉源，這樣就可以「無所往而不樂」了。

〔註13〕同註5，卷二十五，頁730。
〔註14〕同註5，〈蘇軾佚文彙編〉卷三，頁2496。

二、體現中國儒、釋、道精神

蘇軾奏議、書牘中思想言論，所述橫軸爲宋代的時代背景，世道人心，可見蘇軾不隨俗逐流的志節；縱軸揭出中國傳統文化的精神，以見蘇軾平生進德修業爲人處世的根本。蘇軾以儒家立足，經由仕途治國濟民。他入世熱情，社會腐敗民生荼炭時，爲國爲民上書直言進諫，不爲權術，不計個人毀譽；當諫言得罪當道，被冷落甚而外放時，受佛、道影響有曠達超脫的襟懷。蘇軾「達則行儒、墨之仁愛，窮則存道、佛之胸臆」，從他的奏議、書牘觀其思想，顯然受儒、釋、道三家影響。

三、作育英才，和而不同

子曰「有教無類」，又曰「因材施教」，蘇軾作育英才主張和而不同的理念大體與孔子類似，但蘇軾特別注重獨立的個體，認爲每個人都應有自己的特質，因此他更注重個人的才華，常於書牘中指點後進治學方向，懇摯勤勉，而蘇門六君子也各自以獨特詩、文傳世。

四、輕徭薄賦的民本思想

蘇軾認爲民裕才能國富，反對以「國用不足」爲由「求廣利之門」。在爲民請命的眾多奏議中，危言峻詞，急切淋漓，充分顯露其「民者天下之本」的思想。

五、文藝理論要旨

蘇軾在文藝方面是集眾多才華於一身的絕世奇才，他的文藝理論，如同其作品魅力一樣，實在不是局限於一端所能體會得出來的，歸納要旨，大體如下：

（一）提倡古文排斥時文

蘇軾反對駢文家的「浮巧輕媚，叢錯采繡」與「假」古文家的「求深務奇」，用自己的實踐，將北宋古文運動推向巔峰，對中國散文的發展產生深遠影響。爲文當述意抒情，故奏議、書牘以散文爲主，而蘇軾散文創作又代表北宋散文最高成就，故其奏議、書牘佔有相當重要地位。

（二）開發詩中新創格、新氣象

以文爲詩，以詩爲詞，以文爲賦，突破詩、詞、賦的文體舊格，特別是蘇軾的「以詩爲詞」給北宋詞壇帶來極大變化：一爲擴大詞的傳統題材，使

詞境爲之擴大至幾無事不可入詞；詞與音樂分離，使歌者之詞變爲詩人之辭。一爲變革了晚唐以來香豔、柔婉的主體風格，而爲「豪放派」的濫觴，對後代詞風發展有歷史意義。

（三）文，辭達而已

蘇軾論文字主張，漸老漸熟，乃達自然平淡流暢。他統合創作過程認爲「文」有兩階段：先求「達於物」即對物「得成竹於胸中」，然後「瞭然於口於手」，將心中物象事理傳達表現出來，才稱得上是辭達，稱得上文。

（四）為文當如行雲流水

此爲蘇軾創作的一貫主張，爲文如行雲流水，行於所當行，止於不可不止，則文理自然，姿態橫生。

（五）書、畫以意為主

「意」指書、畫者的主觀感受，認爲必待胸中凝成書、畫的對象清晰明朗的整體形象後，始能下筆。認爲畫是文人直抒胸臆，宣洩情感的一種表達方式，即「適意」的表現。

附　錄

一、蘇軾世系表

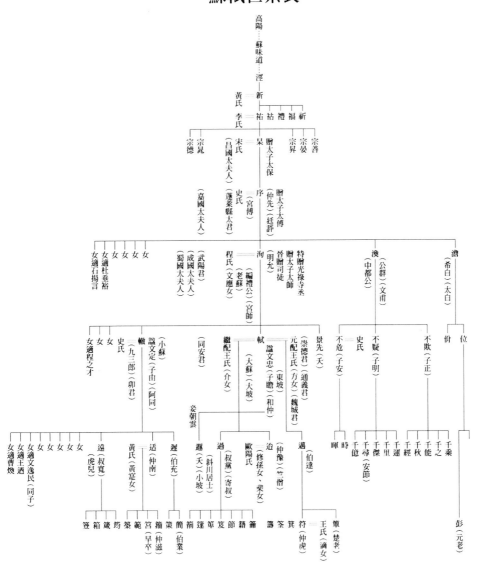

（據曹樹銘校編《蘇東坡詞‧蘇氏世系》、王保珍撰《增補蘇東坡年譜會證》）

二、蘇軾仕謫行跡圖

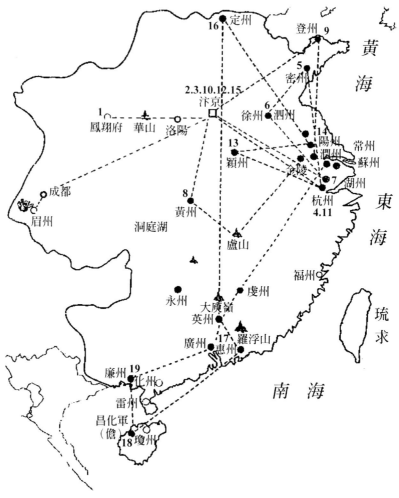

1、鳳翔簽判（嘉祐六年～治平元年）　　　11、杭州太守（元祐四年～元祐六年）

2、任職史館（治平二年～治平三年）　　　12、翰林學士（元祐六年～元祐六年）

3、監官告院（熙寧二年～熙寧三年）　　　13、穎州太守（元祐六年～元祐七年）

4、杭州通判（熙寧四年～熙寧七年）　　　14、揚州太守（元祐七年～元祐七年）

5、密州太守（熙寧七年～熙寧九年）　　　15、兵部尚書→禮部尚書（元祐七年～元祐八年）

6、徐州太守（熙寧十年～元豐二年）　　　16、定州太守（元祐八年～元祐九年）

7、湖州太守（元豐二年～元豐二年）　　　17、寧遠軍節度副使（元祐九年～紹聖四年）

8、黃州團練副使（元豐三年～元豐七年）　18、瓊州別駕（紹聖四年～元符三年）

9、登州太守（元豐八年～元豐八年）　　　19、廉州→廣州→英州（元符三年）

10、中書舍人→翰林學士（元豐八年～元祐四年）

三、蘇軾書牘眞蹟

致夢得祕校尺牘

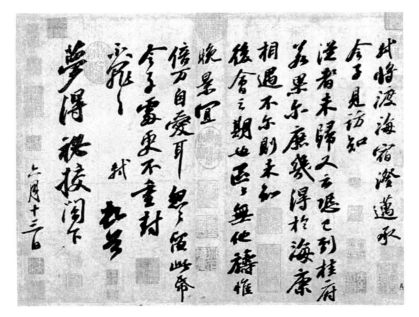

致子厚宮使正議尺牘

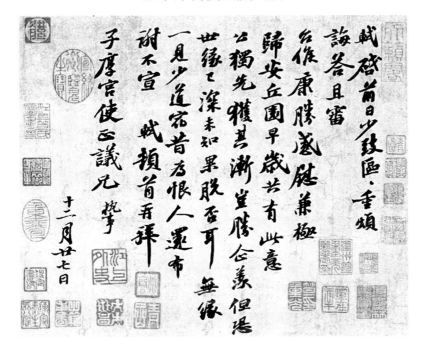

致若虛總管尺牘

致杜道源尺牘

致季常尺牘

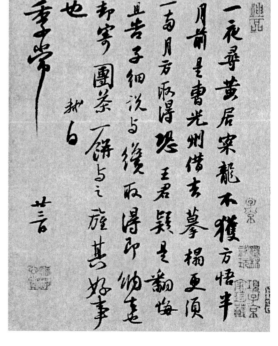

致長官董侯尺牘〔見賈興隆：〈心靜習小品〉
（浙江杭州：中國鋼筆書法），第五期，頁61。〕

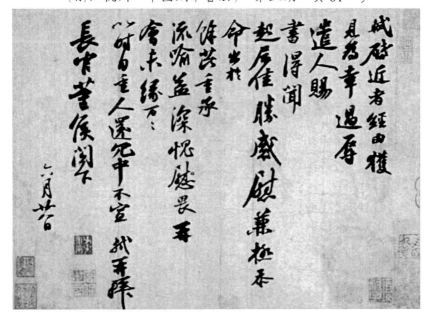

與張天覺書（見文物商店藏西樓帖）
〔見孔凡禮：《蘇軾文集》，（北京：中華書局），第一冊〕

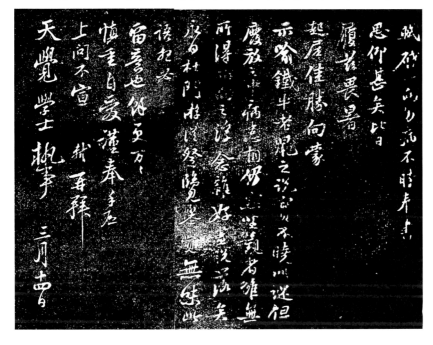

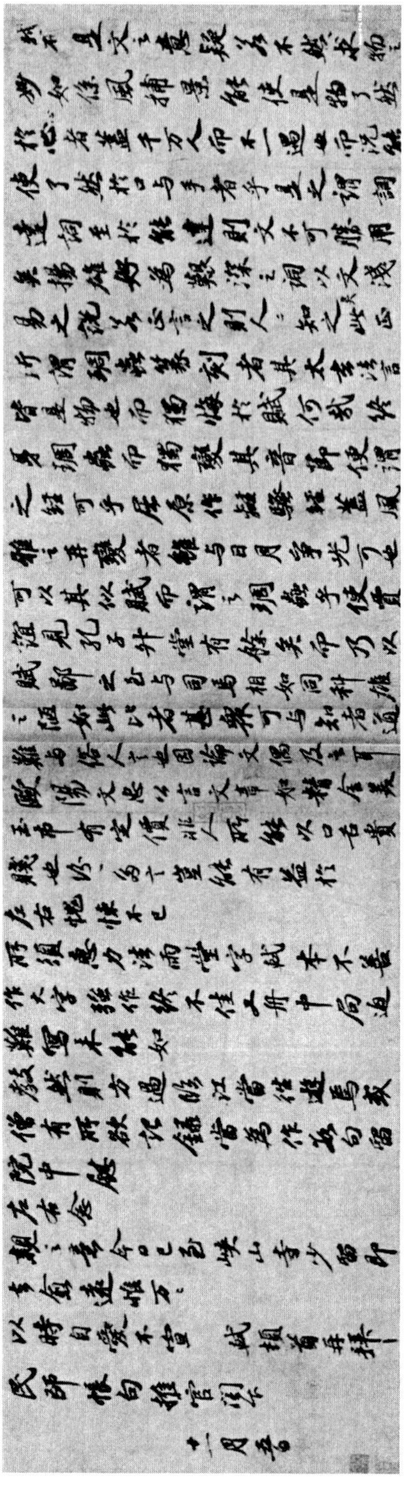

答謝民師論文帖〔見李福順：《蘇軾與書畫文獻集》，（北京：榮寶齋出版社）〕

四、蘇軾奏議書牘年表

紀年干支	西元	年齡	事　　跡	附　　記	奏議書牘
仁宗 嘉祐元年 丙申	1056	21	三月偕轍侍父洵出蜀。過成都，謁知益州・張方平。陸行於五月抵京城。八月舉進士，試景德寺，榜出，名列第二。	文彥博、富弼：宰相。韓綺、田況：樞密使。歐陽脩：翰林學士。張方平：三司使還朝。	與楊濟甫一首
嘉祐二年 丁酉	1057	22	正月應禮部試，名列第二。復以〈春秋對義〉，居第一。三月御試崇政殿，十四日以第二名進士及第。四月丁太夫人武陽君程氏憂。五月偕轍侍父歸眉山服喪。	歐陽脩：知貢舉。梅摯、王珪、范鎮、韓絳：同權知貢舉。梅堯臣：編排詳定。王安石：知常州。	上韓太尉書謝歐陽內翰書上梅直講書上劉侍讀書
嘉祐三年 戊戌	1058	23	服母喪。	六月，韓琦為相。	謝范舍人書上知府王龍圖書
嘉祐四年 己亥	1059	24	九月服除。十二月侍老蘇舟行適楚，舟中無事雜然有觸於中而發於詠歎，蓋家君之作，與弟轍之文皆在焉，因謂之《南行集》。是年生邁。	王安石：提點江東刑獄。	上王兵部書上王刑部書與蔡君謨（襄）一首
嘉祐五年 庚子	1060	25	二月到許州，始識范仲淹子純仁（堯夫），時任許州簽判，自此訂交。三月十五抵京師。授河南府福昌縣主簿，不赴。時詔求直言之士，歐陽脩以才識兼茂薦。	五月，王安石：三司度朝判官，尋直集賢院。梅堯臣卒。六月堂兄位卒於京師。	
嘉祐六年 辛丑	1061	26	應中制科，入第三等。軾授官大理評事，鳳翔府僉判。十二月赴任。九月，父洵被命編修《禮書》。	六月，司馬光知諫院，王安石知制誥。司馬光、楊畋、沈遘為秘閣考官。八月，曾公亮為相、歐陽脩知政事。宋選知鳳翔府。	上富丞相書上富丞相書應制舉上兩制書
嘉祐七年 壬寅	1062	27	宦於鳳翔。	八月，立宗實為太子，賜名曙。八月，伯父利州路提點刑獄渙卒。	與楊濟甫二首與從叔一首與子由一首
英宗 嘉祐八年 癸卯	1063	28	官於鳳翔。夏遊岐山周文王故里，得與陳慥（季常）相遇訂交。上書宰相韓琦「論場務」、及「思治論」，坦陳時政之弊。	正月，陳希亮接任太守。三月二十九日，仁宗崩。四月，太子曙即位，是為英宗。曹太后權同聽政。	上韓務公論場務書(上韓樞密書)上蔡省主論放欠書
英宗 治平元年 甲辰	1064	29	官於鳳翔。正月，遊岐下與文同（與可）相遇訂交。三月，王彭，字大年，與論佛法，由是喜研佛學。十二月，自鳳翔罷任。	五月，曹太后還政於帝。韓琦尚書右僕射。	

英 宗	治平二年 乙巳	1065	30	正月還京，差判登聞鼓院。英宗皇 帝在藩邸聞先生名，欲以唐故事召 入翰林，宰相限以近例召試秘閣， 皆入三等，得直史館。 五月二十八日，通義郡君王氏卒於 京師，年二十七。 九月，父洵編《太常因革禮》一百 卷成。		與杜道源（沂）四首
	治平三年 丙午	1066	31	在京師直史館。 四月二十五日，父洵病逝於京師， 年五十八。 六月與弟轍護喪歸蜀，王弗夫人柩 隨載而行。	四月，司馬光奉詔編《歷 代君臣事跡》，後賜名《資 治通鑑》。 十二月，立皇子頊爲太 子。 張方平以翰林學士遷刑 部尚書。	
神 宗	治平四年 丁未	1067	32	居服制，以八月壬辰葬老蘇於眉州。 父母同穴，另葬王弗夫人於合墓的 西北方。	正月初八，英宗駕崩，太 子即位，是爲神宗。 四月，以司馬光爲御史中 丞。 九月，詔王安石爲翰林學 士。 張方平遷戶部尚書。 蔡襄卒。	與曾子固（鞏）一首
	熙寧元年 戊申	1068	33	十月，續娶王弗夫人的堂妹名閏之 爲繼室，閏之字季璋，時年二十一， 爲青神縣王介的幼女。 十二月，以墳墓、田宅、出納經紀， 委託同鄉楊濟甫管理，囑堂兄子安 總其成。與弟轍挈家從陸路入京。	四月，王安石越次入對。 創制置三司條例司，議行 新法。 八月，歐陽脩轉兵部尚 書，改知青州，充京東東 部安撫史。	與曾子固書
	熙寧二年 己酉	1069	34	二月還朝。監官告院。王安石執政。 弟轍爲制置三司條例司檢詳官。 八月，司馬光薦爲諫官未果。	二月，富弼相，王安石參 知政事。呂誨、范純仁奏 新法不當，遭罷黜。諫官 劉述等多人，均調職。 十月，富弼罷相。	與楊濟甫三首 上韓魏公一首（乞葬董 傳書）
	熙寧三年 庚戌	1070	35	監官告院。 二月，弟轍力詆新法，安石怒，將 加以罪，適張方平知陳州，請爲學 官。 三月，呂惠卿知貢舉，蘇軾爲編排 官。范景仁譽軾充諫官。 是年，次男迨生。	三月，韓琦罷職。 四月，呂公著、孫覺、李 常、程顥等十餘人，皆被 排斥，臺諫爲之一空。 宋敏求、蘇頌等亦調離館 閣。 七月，歐陽脩改知蔡州。 十二月，王安石相，行保 甲法及免役法。	與楊某（鄉人）一首
	熙寧四年 辛亥	1071	36	諫官告院。上元，帝敕開封府減價 買浙燈，疏請罷之，即詔允從。 二月，上神宗書。 三月，上萬言書，皆不報。 六月以太常博士直史館，通判杭州。 七月，離京赴陳州，拜謁父執張方 平，與弟團聚，初遇張耒。 九月，離陳州，弟送穎州同謁老師 歐陽脩。 十一月二十八日，到杭州任通判。 除夕值都廳，忙至夜晚，題獄壁詩 返舍。	王荊公欲變科舉，以經義 策論取士。 六月，歐陽脩罷蔡州任， 以觀文殿學士太子少師 致仕，歸潁卜居。 九月，司馬光罷知永興 軍，隨又乞判西京留臺， 遂至洛陽，閉戶編著《資 治通鑑》。 沈立知杭州。	議學校貢舉狀 諫買浙燈狀 上神宗皇帝書 再上神宗皇帝書 謝梅龍圖書 與滕達道（元發）一首 答劉道原（恕）一首 與石幼安（表兄）一首 與郭廷評二首

神 宗	熙寧五年 壬子	1072	37	在杭州。 九月，聞歐陽脩老師訃，哭奠於孤山惠勤僧舍，按門生禮成服。 十月，督導開闢湯村運鹽河道。 十一月，相度湖州堤岸工程，與湖州太守孫覺（莘老）相見。孫覺取出黃庭堅詩文請評鑑。 是年，三男過生。	六月，曾公亮致仕。 閏七月二十三日，歐陽脩病逝於汝陰私弟。 八月，沈立之罷杭州任，陳襄字述古接任。	與李公擇（常）一首 與康公操都管三首 與范夢得二首 與陸固朝奉一首 與文與可（同）一首 答曾鞏書
	熙寧六年 癸丑	1073	38	在杭州。 二月，赴新城，晁補之始謁，極獲賞識。 三月，又往於潛等地考察。 五月，因迫生三年不能行，乃命落髮於觀音座下，辯才法師爲他剃度祝福，取名竺僧，遂能行。 八月十五觀潮，再至臨安、徑山，九月歸。	張方平欲歸老，上知不可留，乃以爲宣徽南院使檢校太傅判應天府。	與大覺禪師一首 與寶月大師二首
	熙寧七年 甲寅	1074	39	在杭州。 八月赴臨安、於城各地督導捕蝗賑災工作。公畢反於潛，於西普山明智院，初與詩僧參寥訂交。 九月，回杭州，納侍妾王氏朝雲。 是月，以太常博士直史館權知密州軍州事。二十日離杭，經湖州、蘇州、京口，到海州。 十一月三日到密州任。時行手實法，到任二十日，即上奏朝廷及上宰相書。	四月，王安石罷相，出知江寧府。 韓絳爲相，呂惠卿參知政事。 七月，太守陳襄與知應天府楊繪字元素對調。時劉廷式爲密州通判。	上韓丞相論災傷手實書 上文侍中論榷鹽書 上文侍中論強盜賞錢書 論河北京東盜賊狀 楊濟甫一首 與楊元素（繪）一首 離杭倅： 與李公擇二首 赴密州： 與李公擇一首
	熙寧八年 乙卯	1075	40	在密州任。 十一月，葺超然臺，建快哉亭。	二月，王安石復入相。 六月，宋頒王安石《三經新義》，令應試者必宗其說。 七月，韓琦病逝。 八月，韓絳罷知許州。 十月，呂惠卿罷知陳州，又罷其手創的手實法。	答張文潛（耒）書 與王慶源二首 與滕達道四首 答秦太虛二首 答陳履常二首 與鮮于子駿三首 與周開祖二首 與程彝仲二首 答張主簿 與通長老五首 與寶覺禪老二首 與靈隱知和尚一首 與石幼安（表兄）一首
	熙寧九年 丙辰	1076	41	在密州。 十一月，以祠部員外郎直史館移知河中府。 十二月，罷密州任。過安丘，除夜大雪，留濰州度歲。	十月，工安石再度罷相，以使判江寧府。 吳充、王珪同執政。	與文與可一首 與蘇子容（頌）一首

神 宗	熙寧十年 丁巳	1077	42	元旦自濰州，經青州抵濟南。太守李常又以甥黃庭堅詩文求正，雖仍未見面，自是更加青睞，另請評閱高郵秀才秦觀的詩文，印象至爲深刻。 二月，與弟轍相會於澶濮之間，知改任徐州，同至京城，至陳橋驛，接廷旨。時不得入城門，乃住郊外范鎮東園，爲長男邁娶婦。 四月，偕弟轍同往南都謁張方平，爲作〈諫用兵書〉。二十一日，偕弟到達徐州任所。 七月十七日，河決澶州。 八月二十一日，及徐州城下，先生治水有功。 至十月五日水漸退，城以全。	張方平仍爲宣徽南院使，留守南京兼判應天府。 十二月改明年爲元豐。	代張方平諫用兵書 與文與可三首
	元豐元年 戊午	1078	43	在徐州任。 四月，秦觀攜李常書來謁。黃庭堅自京城寄古風詩二首爲贄。 六月，王迥、王適兩兄弟自此從遊。 八月癸丑黃樓成。 重陽佳節，王鞏、參寥先後來訪。 十月，〈上皇帝書〉。	正月改元，復以王安石爲尚書左僕射封舒國公。文同自洋州還，旅次陳州。 秋試放榜，秦觀落第。 張先、歐陽奕、劉恕卒。	徐州上皇帝書 與司馬溫公二首 答范蜀公（鎮）一首 與范子豐（百嘉）六首 與劉貢父（邠）四首 與劉貢父（邠）四首 與滕達道四首 與李公擇三首 與李公擇三首 答黃魯直（庭堅）二首 與歐陽仲純五首 與眉守黎希聲三首 與晁美叔（瑞彥）二首 答李秀才元一首 與王慶源一首 與蒲廷淵一首 答宋寺丞一首 與參寥子（道潛）一首 與文與可五首 與王定國（鞏）一首 與趙閱道一首 與章子厚（惇）二首 與友人一首
	元豐二年 己未	1079	44	正月在徐州。 二月徙知湖州。言事者以先生湖州到任謝表以爲謗。 七月二十八日，中使皇甫僎（遵）道湖州追攝。 八月十八日到京，入御史臺獄。 十一月三十日，狀申結案。 十二月二十九日，讁授黃州團練副使，本州安置。子由聞先生下獄，上書乞以見任官職贖先生罪，讁筠州酒官。	正月，文同病逝於陳州旅次。 烏臺詩案受累親友，除弟轍外，王詵敕停。王鞏讁賓州鹽酒稅務。其餘各罰銅有差。	與文與可一首 答范純夫（祖禹）一首 湖州： 答秦太虛一首 答舒堯文一首 與孫子思七首 與程彝仲二首 答呂熙道二首 與周開祖二首

神 宗	元豐三年 庚申	1080	45	謫黃州。自京師道出陳州，子由自 南郡來陳相見。 二月一日至黃州，寓居定惠院。 五月二十七日，至巴口迎接弟轍及 家人，二十九日同至黃，遷居臨皋 亭。 多至日，仁天慶觀道士堂，燕坐四 十九日。遵父遺命，續成《易傳》 九卷，並撰《論語說》五卷。	二月，章惇參知政事。 九月，王安石爲特進改封 荊國公。 太守徐大受，字君猷。 通守孟震字亨之。 九月，堂兄子正卒。	黃州上文（彥博）潞公 書 與章子厚參政書二首 答李端叔（之儀）書 答李方叔一書 答李琮書 與司馬溫公一首 與滕達道十一首 與杜道源二首（答道源 秘校） 與王定國六首 答秦太虛一首 與王慶源二首 與楊康功一首 答畢仲舉一首 答言上人一首 與程懷立一首 與趙晦之四首 與吳將秀才二首 與杜幾先一首 與朱康叔（壽昌）十七 首 與樂推官一首 與子明兄一首 與參寥子三首（答參寥 書） 與圓通禪師四首 與寶月大師三首
	元豐四年 辛酉	1081	46	在黃州居臨皋亭。 正月，往岐亭訪陳季常。 二月，馬正卿爲請故營地，使躬耕 其中，方營東坡，自號東坡居士。 十月二十二日，過江到武昌車湖訪 王齊愈兄弟，坐上聞種种諤破西夏 兵大捷。多至，姪安節遠來。	三月，章惇罷參知政事。	與滕達道二首 答陳師仲書 答李昌朞書 與王元直（箋）一首 與王定國九首 與陳大夫八首 與江惇禮五首 與刁純純（約）二首 答吳子野（復古）六首 與杜道源一首 與友人二首 與朱康叔五首
	元豐五年 壬戌	1082	47	在黃州。正月，武昭王天麟來謁， 爲言岳鄂鄉間有溺兒壞俗，因書告 鄂守朱壽昌。 二月，大雪紛飛中，新屋落成，曰 「東坡雪堂」。 三月，年二十二歲的米芾，因馬夢 得介紹，知會於雪堂，遂訂忘年之 交。 七月遊赤壁，有〈赤壁賦〉； 十月又遊，有〈後赤壁賦〉。	四月，蔡確、王珪爲相， 章惇爲門下侍郎。 刁約卒。	與陳季常一首 致董侯一首 與朱鄂州（壽昌）書 與滕達道十二首 與佛印書二首 與子由（蘇轍）弟二首 答李方叔四首 與章質夫二首 與章子厚二首 與蔡授之六首 與楊元素九首 與李昭朞一首 與劉器之（安世）一首 答舒堯文一首 與杜子師一首 與李通叔四首 與彥政判官一首

神	元豐六年 癸亥	1083	48	在黃州。 正月，同鄉舉人巢三（谷）自蜀來遊，館於雪堂，使迨、過從學。 四月，送別徐太守。 九月二十七日，侍妾朝雲生男名遯，小名幹兒。 十一月，前太守徐大受喪過黃州，為經紀其善後。 十二月，巢谷辭返眉山。	四月，楊君素接任黃州太守。 六月，曾鞏卒。 閏六月，富弼卒。 十一月，徐大受卒。 十二月，文彥博以太師致仕。	與千乘姪一首 答范蜀公四首 與范子豐二首 與李公擇八首 與陳季常（慥）十六首 與蔡景繁（承禧）十四首 與幾宣義一首 與子由弟二首 與任德翁一首 與徐十二一首 與沈睿達二首 與吳君采二首 與高夢得一首 與孟亨之（震）一首 與杜孟堅三首 與巖老一首 與錢世雄（濟明）一首 與蒲傳正（宗孟）一首 與參寥子一首 與陳朝請二首 與石幼安一首 與上官彝三首 與王佐才二首 與徐得之（大正）七首 與歐陽晦夫（闢）一首 與子安兒一首 答開元明座主二首 與無擇老師一首 與因別才赦三首 代夫人與福應真大師一首 張安道二首 與張天覺三首 與欽之（傅堯俞）一首 與蘇子容一首
宗	元豐七年 甲子	1084	49	在黃州。 四月乃有量移汝州之命。以雪堂付之郡人潘邠老。 長子邁赴江西德興縣尉任，全家隨往，預定在九江會合。蘇軾偕陳慥、參寥先行，往筠州探望弟轍。 七月，經當塗至金陵，二十八日，幼子遯病亡。 八月，見王安石於蔣山。 九月，宜興買田。 十月十六日，還至京口，渡江至揚州訪太守呂公著，至高郵與秦觀歡聚數日，抵山陽，與其淮上飲別。 歲末抵泗州。	是年，司馬先完成《資治通鑑》。	與王文甫一首 與徐得之六首 答蘇子平先輩二首 與文叔先輩二首 與李先輩一首 與吳秀才一首 與程彝仲二首 與巢元修（谷）一首 與張天覺一首 與蘇子容二首 離黃州： 與王荊公（安石）二首 與蘇子容二首 與滕達道十五首 與王定國二首 答秦太虛一首

					與潘彥明（丙）一首 與楊康功一首 與袁眞州四首 與徐得之一首 答賈耘老（收）四首 與李廷評一首 與張嘉父（大亨）六首 與佛印四首 與開元明座主五首 與千之姪二首 與王文玉五首 與陳退叔一首
哲 宗	元豐八年 乙丑	1085	50	正月上書求居常州。及到南京有放歸陽羨之命，遂居常。 三月初六，驚聞神宗駕崩，即舉哀服喪。五月內復朝奉郎，知登州。到郡五日，以禮部郎召到省，半月除起居舍人。 十二月，到達京城，專摺上奏登州所見有關國防與民生問題三狀。 八月，轍爲秘書省校書郎。	宗爲皇太子。 三月初五，神宗崩，哲宗即位。 司馬光爲門下侍郎，章惇知樞密院事。 呂公著爲尙書左丞。 詔罷保甲、方田、市易、保馬等法。 蔡承禧卒。	赴登州： 與滕達道五首 與王定國二首 與楊元素一首 與楊康功一首 與司馬溫公二首 與滕達道九首 與王文玉二首 登州： 與千之姪 與姚君三首 登州還朝： 與范子功二首 與曾子宣（布）一首 與滕達道　一首 與潘彥明六首 答龍安常二首 與王文甫一首 與楊元素五首 與黃洞秀才二首 與米元章（芾）一首 與運判應之一首 與王慶源四首 與子安兄二首 與樞密一首 上呂相公 南省： 與滕達道三首 與錢穆父（勰）一首 與子由一首
	元祐元年 丙寅	1086	51	在京師。 正月，以七品服入侍延和殿，改賜銀緋。訪歐陽棐，爲中子迨請婚棐女。 三月，奉特詔免試爲中書舍人。因議免役法，與司馬先意見不合。 八月，遷翰林學士知制誥。九月，弟轍除起居郎。 十月，入侍邇英。 十一月，除中書舍人。	正月改元。 閏二月，蔡確出知亳州。 罷青苗、免役法。 四月，王安石病逝。 呂公著爲尙書右僕射兼中書侍郎。 詔起文彥博平章軍國事。 五月，呂惠卿落職，分司南京。 九月初一，司馬光病逝。	與曾子宣十一首 答范蜀公六首 答范純夫一首 與劉貢父三首 翰林： 與張太保安道一箴 與滕達道四首 與錢穆父七首 與王定國二首 答黃魯直一首

哲 宗				十一月二十九日，主館職試。 十二月，臺諫朱光庭等，摭拾蘇軾召試館職語，斷章取義，以爲謗訕先帝，交相疏論，雖皆不報，但自是朋黨之禍起。		答李端叔一首 與陳季常一首 答毛澤民二首 答李方叔十一首 答龐安常一首 與王文玉一首 乞罷詳定役法箚子 再乞罷詳定役法狀 乞不給散青苗錢斛狀 論冗官箚子
	元祐二年 丁卯	1087	52	爲翰林學士，復除侍讀。兄弟同侍邇英。 十一月，弟轍除戶部侍郎。 十二月，再次主持館職試。	十二月，范鎮病逝。	與佛印（禪師）六首 答呂元鈞（陶）三首 謝呂龍圖三首 與王晉卿一首 與范子豐一首 與家（定國）退翁二首 與薛道祖二首
	元祐三年 戊辰	1088	53	任翰林學士。省試先生知貢舉。又充館伴北使。	三月，孔文仲力疾考校，還家卒。 是科李薦落榜。 韓絳、楊繪卒。	轉對條上三事狀 與李方叔書 與楊元素三首 與張元明二首 與程懿叔一首 與米元章七首 與范夢得七首 與王慶源三首 與知縣十首 與黃州故人一首 與子安一首 與辯才禪師三首 與東林廣惠禪師二首 答蜀僧幾演一首 與浴室用公一首 與錢穆父六首 與友人二首 謝張太保撰先入墓碣書
	元祐四年 己巳	1089	54	任翰林學士。 三月內累章請郡，除龍圖閣學士充浙西路兵馬鈐轄知杭州。 七月初三到杭任。 十二月二十七日，上書太師、宰相，乞賜及時賑濟。	二月，呂公著病逝。 十一月，王適卒。 太師：文彥博。 宰相：呂大防。	與錢穆父一首 赴杭州： 與米元章三首 杭州： 與王元直一首 與胡深父五首 上執政乞度牒賑濟因修廟宇書 上呂僕射論浙西災傷書（杭州上執政書二首） 與家（定國）退翁二首 與錢穆父五首 與明州守一首 與友人一首 乞賑濟浙西七州狀

哲	元祐五年 庚午	1090	55	在杭州任。 五月，弟轍除御史中丞。		奏浙西災傷第一狀 奏浙西災傷第二狀 相度準備賑濟第一狀 相度準備賑濟第二狀 相度準備賑濟第三狀 相度準備賑濟第四狀 杭州乞度牒開西湖狀 與錢穆父八首 與郭功父五首 與趙德麟（令時）二首 與陳伯修二首 答陳傳道一首 與潘彥明二首 與章子平（衡）十二首 與張君子五首 答劉元忠四首 與王慶源一首 與程懿叔二首 與引伴高麗練承議三首 與大覺禪師二首 與寶覺禪老一首 與淨慈明老五首 與遵老三首 與王定國三首 與子由弟一首 與歐陽親家母一首 與子由一首
宗	元祐六年 辛未	1091	56	正月在杭州。 二月二十八日以翰林學士承旨召還。 是月，弟轍除尚書右丞。 三月初九，別杭州。六月初一，到京師，除翰林承旨，復侍邇英。 八月五日以龍圖閣知潁州，二十二日到潁州任。	林希（子中）來代。 七月，張方平以太子太保致仕。 十一月，右相劉摯（莘老）罷知鄆州。 十二月初二病逝。	杭州還朝： 與孫正孺（蒙正）二首 與李端伯寶文三首 答王聖美一首 答青州張祕校一首 與辯才禪師一首 與通長老四首 與某宣德書一首 與錢穆父七首 與徐安中一首 與曾子開一首 與林子中（希）一首 與馬忠玉二首 潁州： 與王定國十一首 與趙德麟六首 與潘彥明一首 與汪道濟二首 與王慶源子一首 與參寥子二首 與辯才禪師二首 答龜山長老四首 與趙無愧一首 與張忠甫一首

哲 宗	元祐七年 壬申	1092	57	正月在潁州任。 二月告下，以龍圖閣學士充淮南東路兵馬鈐轄知揚州軍州事。 三月初三，別潁州。十六日到揚州任。 六月，弟轍拜門下侍郎參知政事。 八月以兵部尚書召還，兼差充郊鹵簿使。 九月下旬，一入京，即到兵部尚書任，詔兼侍讀。 十一月二十六日告下，遷端明殿學士兼翰林侍讀、守禮部尚書。十二月初到任。	晁補之爲揚州通判。	與張忠甫一首 揚州上呂相公論稅務書 離潁州： 與王定國二首 潁州還朝： 與楊濟甫一首 赴揚州： 與趙德麟四首 揚州： 論積欠六事并乞檢會應詔 所論四事一處行下狀 答范純夫六首 與劉仲馮一首 與錢穆父一首 與王定國三首 答陳傳道三首 與林子中五首 與杜子師一首 與蔡朝奉二首 與毅父宣德四首 答吳子野一首 與陸秘校一首 與鞠持正二首 揚州還朝： 與范子功四首 與錢穆父二十一首 與趙德麟五首 與米元章三首 與王賢良一首 與子安兄四首 答清涼長老一首 答劉景文一首 與鄧聖求二首 與王仲志三首
	元祐八年 癸酉	1093	58	任端明侍讀二學士。 八月初一，繼室同安郡君王氏卒於京師。 九月初三，宣仁高太后崩逝，哲宗親政，朝局丕變。 九月十三日告下，以端明殿學士兼翰林學士充河北西部安撫使兼馬步軍都總管知定州。	奏辟李之儀爲簽判，孫敏行爲參贊。	乞校正陸贄奏議上進劄子 答范純夫一首 赴定州： 與錢穆父一首 與子由弟一首 與王定國五首 與錢濟明一首 與孫子發四首 與米元章五首 與參寥子二首 與吳秀才書 答開元明座主二首 與范中濟一首 與朱伯原二首 與友人一首

哲 宗	元祐九年 紹聖元年 甲戌	1094	59	正月在定州任。 三月二十六日，弟轍貶謫汝州。閏四月初三，坐前掌制命，語涉譏訕，落端明殿學士兼翰林侍讀學士，依前左朝奉郎，知英州。有辭宣聖文，行至南康軍，再貶寧遠軍節度副使，惠州安置。 十月初二，到惠州貶所。初寓合江樓，遷居嘉祐寺。	二月，楊畏、鄧潤甫，創言紹述新法。 四月十二日改元。 章惇爲相，復行新法。 黃庭堅貶黔南。 晁補之貶齊水。 時詹範守惠州。	定州： 答李端叔 與參寥子一首 與滕興公一首 南遷： 與曾子宣一首 與張元明二首 與孫子發三首 與范夢得一首 與徐仲車三首 與馮大鈞二首 與莊希仲四首 答劉無言一首 與參寥子五首 與滕興公二首 惠州： 與吳秀才二首 與子由弟一首 與李伯時（公麟）一首
	紹聖二年 乙亥	1095	60	惠州。 三月初二，宜興定慧院僧卓契順，專爲邁等親友帶信。初六，程之才按臨惠州。 五月，用道士鄧守安議，與惠守詹範商籌建造東西兩新橋，以便行人。又鑑惠州兵衛單寡，營房廢缺，軍政隳壞，建請程之才，使能添建營房三百餘間，以肅軍政。嶺南稅役，折納掊克，米賤傷農，錢荒爲患，書請程之才商決辦法，建請守令，依物價徵稅。 十月，三司皆議可行。	八月，堂妹德化縣君卦聞。 九月，朝廷大享明堂，大赦天下，元祐諸大臣不在大赦之列。	與劉宜翁書 與王定國書二首 答黃魯直二首 與錢濟明二首 與陳季常一首 與程正輔三十首 與徐得之二首 與蕭世京二首 與王庠五首 與惠州都監一首 與廣西憲曹司勳二首（曹子方） 與參寥子四首 與南華辯老十三首 與僧隆賢二首 付龔行信一首 與友人三首
	紹聖三年 丙子	1096	61	在惠州。 二月，程之才奉召還京。 三月，覓治購得白鶴峰上隙地數畝，築室其上。六月，邁授韶州仁化縣令。 七月初五，愛妾王氏朝雲病逝。 十一月，廣州太守王古來訪，與議將蒲澗山滴水岩清水引入廣州城中，使一城貧足，同飲甘涼，先後專書提供水計畫及保養辦法。 至十二月，完成供應淡水工程。	九月，惠州太守詹範調職，方子容接任。 十月，廣州太守章楶調職，王古接任。	與陳伯修三首 與張嘉父一首 與程正輔三十三首 與程全父八首 與林天和十四首 與章質夫四首 與杜子師一首 與孫志康二首 與王敏仲（古）十五首 與翟東玉一首 與歐陽知晦四首 與周文之二首 與游嗣立二首 與朱振二首 與蕭朝奉一首 與羅秘校二首

						與曹子方五首 與程天侔（全父）一首 答陸道士書一首 與程六郎十郎一首 答毛澤民（滂）二首
哲	紹聖四年 丁丑	1097	62	在惠州。 正月，聞邁將至，遣過前往循州迎接，閏二月方到惠州。 二月十四日，白鶴峰新居成。 三月，弟轍貶化州別駕。 四月十七日，惠守方子容來訪，出告示，謫授瓊州別駕，昌化軍安置。 七月初二，到昌化，僦居官屋。	呂大防病逝。	惠州： 答王庠書 答劉沔都曹書 答范純夫二首 答張文潛四首 答毛澤民三首 與林天和十首 答徐得之一首 與王敏仲二首 與參寥子五首 儋耳： 與程正輔（之才）十一首 與林濟甫二首 與子由一首
	紹聖五年 元符元年 戊寅	1098	63	在儋州。 四月，董必至雷州，遣人過海，逐蘇軾出官屋倫江驛，乃於桄榔林中，建茅屋三間，以蔽風雨。 五月，屋成名「桄榔庵」。 七月，弟轍徙循州，聞訊立即書示邁，懇留叔家屬同住白鶴峰。	三月二十日，堂妹婿柳仲遠訃聞。 六月改元。 九月，秦觀徙雷州，張耒、晁補之亦均坐降。 范祖禹徙化州。 劉安世徙梅州。	與程秀才三首（程天侔） 與楊濟甫二首 與姜唐佐秀才三首 與元老姪孫一首 答虔倅俞括（奉議書）一首 與程全父二首 與程大時一首
宗	元符二年 己卯	1099	64	在儋州。 閏九月，有瓊州進士姜君弼唐佐來澹耳，從先生學。	四月，參寥被迫還俗。 十一月，范祖禹卒。	與程德孺一首 與周文之三首 與張景溫二首 與張逢六首 與羅秘校二首 與鄭靖老（嘉會）二首 與趙夢得一首 與姜唐佐秀才三首
	元符三年 庚辰	1100	65	在儋州。 四月，完成《易傳》九卷，《書傳》十三卷，《論語說》五卷。 五月告下，仍以瓊州別駕，廉州安置。弟轍告授濠州團練副使，岳州居住。 七月四日廉州貶所。 八月十日告。下，遷舒州團練副使，永州居住。 十一月，舟發廣州，得旨：覆朝奉郎提舉成都玉局觀。在外州軍，任便居十一月，弟轍以大中大夫提舉鳳翔府上清太平宮，外州軍，任便居住。	正月初九，哲宗崩，徽宗立，向太后垂簾聽政。黃庭堅起監鄂州稅，張耒移知兗州，晁補之召還遷吏部郎中，秦觀放還衡州。 七月，向太后歸政。 八月，秦觀、巢谷卒。 九月，章惇罷相，貶雷州。韓忠彥、曾布為相。 十一月，詔明年改元。廖正一復官，參寥落髮復為僧。 吳復古卒。	儋耳： 與范元長（沖）八首 與王敏仲一首 北歸： 與范元長五首 與李公擇二首 與郭功父二首 答秦太虛二首 答李端叔（之儀）五首 答陳傳道一首 答李方叔二首 與鄭靖老二首 與程懷立五首 與謝民師二首 與孫志同三首

					與陳公密三首 與知監宣義首 與歐陽晦夫一首 與歐陽元老一首 與朱行中（服）十首 與錢志仲三首 與南華明老三首
徽 宗	建中靖國 元年 辛巳	1101	66	度嶺北歸。 五月初一抵金陵，命邁、迨往宜興 挈家眷到儀眞相會。 六月十五日，舟赴毗陵，遷寓於顧 塘橋孫宅。上表告老。以本官致仕。 七月丁亥（二十八日）卒於常州。	正月十四日，向太后崩 逝。	與錢濟明十一首 答廖明略二首 與劉壯輿三首 答蘇伯固（堅）四首 與馮祖仁十一首 與外生柳閎 與李惟熙二首 與章致平（援）二首 與劉器之一首 與黃師是（寔）五首 答畢仲舉一首 與胡郎仁脩一首 與杜子師一首 答李端叔三首 與程德孺三首 與子由弟三首 與毅父宣德三首 與陳輔之一首 與黃敷言二首 與陳承務二首 與李知縣一首 與參寥子一首 與李亮工六首 與孫叔靜三首 與米元章九首 與楊子微二首(楊濟甫 之子) 與徑山維琳二首

參考書目

依作者年代先後、姓名筆劃少多排列，同姓名按出版年排列。

一、書籍部分

1. （梁）劉勰著：龍必錕譯注，《文心雕龍全譯》，貴州貴陽：人民書局，1996年3月第3次印刷。

2. （宋）秦觀撰，《淮海集》，明嘉靖乙巳（二十四年，1545）高郵知州胡民表刊本（藏臺北國家圖書館善本書室）。

3. （宋）張耒撰，《張右史文集》，上海：商務印書館，民國18年影印舊鈔本（藏國家圖書館善本書室）。

4. （宋）曾鞏撰，《景印摛藻堂四庫全書薈要集部別集類‧元豐類稿》，臺北：世界書局，民國77年2月初版。

5. （宋）歐陽脩撰，《歐陽脩全集》，臺北：河洛書局，民國64年3月臺景印初版。

6. （宋）樓鑰撰，《攻媿集》，清道光戊子（八年，1828）福建重刊同治間至光緒甲午（二十年，1894）續修增刊本（藏臺北國家圖書館善本書室）。

7. （宋）嚴羽著，《滄浪詩話》，明正德丙子（十一年，1516）九峰書屋刊本（藏臺北國家圖書館善本書室）。

8. （宋）蘇洵撰，《嘉祐集》，明嘉靖壬辰（十一年，1532）太原府刊本（藏臺北國家圖書館善本書室）。

9. （宋）蘇過撰；（清）周永年輯，《斜川集》，清乾隆間濟南周氏林汲山房鈔本（藏臺北國家圖書館善本書室）。

10. （宋）蘇軾撰，《東坡志林》，上海：上海商務印書館，民國9年3月再版（藏臺北國家圖書館善本書室）。

11. （宋）蘇軾撰，《蘇東坡尺牘》，清宣統三年（1911）上海掃葉山房石印巾箱本（藏臺北國家圖書館善本書室）。

12. （宋）蘇軾撰；（宋）郎曄注，《經進東坡文集事略》，上海：上海商務印書館影印宋刊本（藏臺北國家圖書館善本書室）。

13. （宋）蘇軾撰；（明）凌濛初編；（明）馮夢禎批點，《東坡禪喜集》，明天啓辛酉（元年，1621）吳興凌氏刊朱墨套印本（藏臺北國家圖書館善本書室）。

14. （宋）蘇軾撰；（清）王文誥、馮應榴輯注，《蘇軾詩集》，臺北：學海書局，民國 74 年 9 月再版。

15. 〔（宋）蘇軾著〕；孔凡禮點校，《蘇軾文集》，北京：中華書局，1996 年 2 月第 4 次印刷。

16. 〔（宋）蘇軾著〕；（清）王文誥輯注；孔凡禮點校，《蘇軾詩集》，北京：中華書局，1992 年 4 月第 3 次印刷。

17. （宋）蘇軾撰；曹樹銘校注，《蘇東坡詞》，臺北：臺灣商務印書館，民國 72 年 12 月初版。

18. （宋）蘇軾撰；楊家駱主編，《蘇東坡全集》，臺北：世界書局，民國 85 年 2 月初版七刷。

19. （宋）蘇轍撰，《欒城集》，明嘉靖二十年蜀藩刊本（藏臺北國家圖書館善本書室）。

20. （元）脫脫等撰，《宋史》，明成化十六年（1480）兩廣巡撫朱英刊嘉靖間南監修補本（藏臺北國家圖書館善本書室）。

21. （明）毛晉輯，《津逮秘書》，明崇禎庚午（三年，1630）虞山毛氏汲古閣刊本（藏臺北國家圖書館善本書室）。

22. （明）田汝成輯撰，《西湖遊覽志餘》，明嘉靖丁未（二十六年，1547）刊，萬曆甲申（十二年，1584）浙江巡按范鳴謙修補本（藏臺北國家圖書館善本書室）。

23. （明）宋濂撰，《宋學士文集》，明正德九年（1514）漕運總督張縉刊本（藏臺北國家圖書館善本書室）。

24. （明）徐師曾編，《文體明辯》，明萬曆辛卯十九年（1591）吳江刊本（藏臺北國家圖書館善本書室）。

25. （清）王宗稷編；澀谷碧、宇佐美善同校，《東坡年譜》，臺北：臺灣商務印書館，民國 67 年 3 月臺一版。

26. （清）姚鼐輯，《古文辭類纂》，清道光間合河康氏刊本（藏臺北國家圖書館善本書室）。

27. （清）郭慶藩編，《莊子集釋》，臺北：群玉堂書局，民國 80 年 10 月初版。

28. （清）曾國藩輯，《經史百家雜鈔》，湖南長沙：傳忠書局，光緒二年（1876）刊本。

29. （清）儲欣輯；（清）吳蔚起參校，《唐宋大家全集錄》，清光緒壬午（八年，

1882）江蘇書局重刊本（藏臺北國家圖書館善本書室）。

30. 王水照著，《蘇軾》，臺北：萬卷樓圖書公司，民國 82 年 1 月初版。

31. 王水照著，《蘇軾論稿》，臺北：萬卷樓圖書公司，民國 83 年 12 月初版。

32. 王更生編著，《蘇軾散文研讀》，臺北：文史哲出版社，民國 90 年 2 月初版。

33. 王保珍著，《增補蘇東坡年譜會證》，臺北：臺灣大學文學院，民國 58 年 8 月初版。

34. 牛春和編輯，《歷代名家尺牘真蹟》，屏東：四海書屋，民國 58 年 11 月初版。

35. 朱靖華著，《蘇軾論》，北京：京華出版社，1997 年 12 月第 1 次印刷。

36. 任繼愈編，《中國道教史》，臺北：桂冠書局，民國 80 年 10 月初版。

37. 沈宗元輯，《東坡逸事》，臺北：廣文書局，民國 71 年 8 月初版。

38. 李一冰著，《蘇東坡新傳》，臺北：聯經出版公司，民國 87 年 7 月第二版第二刷。

39. 李福順著，《蘇軾與書畫文獻集》，北京：榮寶齋出版社，2008 年 6 月第 1 版。

40. 李豐楙著，《六朝隋唐仙道類小說研究》，臺北：臺灣學生書局，民國 75 年初版。

41. 余培林註譯，《新譯老子讀本》，臺北：三民書局，民國 70 年 3 月三版。

42. 余嘉錫撰，《余嘉錫論學雜著》，臺北：河洛書局，民國 65 年 3 月臺景印初版。

43. 林語堂著，《蘇東坡傳》，臺北：風雲時代出版公司，民國 100 年 12 月初版。

44. 周義敢著，《蘇門四學士》，臺北：萬卷樓圖書公司，民國 82 年 1 月。

45. 洪亮著，《蘇東坡新傳》，臺北：國際村出版社，民國 82 年 12 月初版。

46. 姜亮夫撰《歷代名人年里碑傳總表》，臺北：臺灣商務印書館，民國 64 年 11 月臺三版。

47. 范軍著，《蘇東坡的人生哲學》 臺北：揚智文化公司，民國 84 年 9 月初版。

48. 凌琴如撰，《蘇軾思想探討》，臺北：臺灣中華書局，民國 53 年 3 月初版。

49. 孫昌武著，《佛教與中國文學》，上海：人民出版社，1991 年 2 月第二次印刷。

50. 張仁青編著，《應用文》，臺北：文史哲出版社，民國 68 年 11 月初版。

51. 陳少棠著，《晚明小品論析》，臺北：源流書局，民國 71 年 5 月初版。

52. 游信利著,《蘇東坡的立身與論文之道》,臺北臺灣學生書局,民國 74 年 4 月初版。

53. 游國琛撰,《蘇東坡生平及其作品述評》 臺北:臺灣商務印書館,民國 68 年 6 月初版。

54. 曾棗莊、曾濤編,《蘇文彙評》,臺北:文史哲出版社,民國 87 年 5 月初版。

55. 黃篤書著,《千古奇才蘇東坡全傳》,臺北:國際村出版社,民國 84 年 10 月初版。

56. 傅庚生著,《中國文學欣賞舉隅》 臺北:國文天地雜誌社,民國 79 年 4 月初版。

57. 葉嘉瑩著,《唐宋詞名家論集》,臺北:正中書局,民國 79 年 1 月第二刷。

58. 滕志賢注譯,《新譯蘇軾文選》,臺北:三民書局,民國 97 年 1 月初版。

59. 劉維崇著,《蘇軾評傳》,臺北:黎明文化公司,民國 67 年 2 月初版。

60. 錢保塘撰,《歷代名人生卒錄》,臺北:廣文書店,民國 67 年 3 月初版。

61. 顏崑陽著,《蘇辛詞》,臺北:臺灣書店,民國 87 年 3 月初版。

62. 羅聯添編,《中國文學史論文選集（三）》,臺北:臺灣學生書局,民國 68 年 3 月初版。

二、論文部分

（一）學位論文

1. 李慕如,《東坡詩文思想之研究》,臺灣師範大學博士論文,民國 87 年 7 月。

2. 金桂台,《蘇軾的書信研究》,臺灣大學碩士論文,民國 85 年 12 月。

3. 洪瑀欽,《蘇東坡文學之研究》,文化大學博士論文,民國 66 年 12 月。

4. 柳明熙,《蘇東坡詞所表現的心路歷程研究》,政治大學博士論文,民國 77 年 7 月。

5. 張尹炫,《蘇軾生平及其嶺南詩研究》,成功大學碩士論文,民國 78 年 6 月。

6. 張欣然,《蘇軾與秦觀交游述略》,吉林大學碩士論文,2007 年 6 月。

7. 陳英姬,《蘇軾政治生涯與文學的關係》,臺灣師範大學博士論文,民國 78 年 6 月。

8. 黃美娥,《蘇軾文論及其散文藝術研究》,臺灣師範大學碩士論文,民國 78 年 6 月。

9. 黃惠菁,《東坡文藝創作理論研究》,臺灣師範大學碩士論文,民國 81 年

6 月。

10. 鄭文倩，《蘇軾藝術思想研究》，臺灣大學碩士論文，民國 80 年 12 月。

11. 蔡秀玲，《東坡黃州經驗之探討》，輔仁大學碩士論文，民國 79 年 6 月。

12. 謝金美，《古今書信研究》，高雄師範學院國文研究所碩士論文，民國 67 年 6 月。

（二）單篇論文

1. 王保珍，〈三蘇的文學天地〉，臺北：國文天地，六卷十二期，民國 80 年 5 月。

2. 宋裕，〈千古風流蘇東坡〉，臺北：國文天地，十卷十～十一期，民國 84 年 3～4 月。

3. 林清玄，〈蘇東坡與禪〉，臺北：國文天地，七卷二期，民國 80 年 7 月。

4. 林廣莘，〈從蘇軾寓惠期間的書信看其寓惠心態〉，廣東惠州：惠州學院學報，第二十七卷第一期，2007 年 2 月。

5. 邱德修，〈新脩蘇子由年表〉，臺北：國立編譯館館刊，二十一卷一期～二期，民國 81 年 6、12 月。

6. 郝曉萍，〈蘇軾尺牘書法的藝術特色〉，黑龍江齊齊哈爾：齊齊哈爾師範高等專科學校學報，第二期（總第 120 期），2011 年 4 月。

7. 張潔，〈蘇軾書信研究〉，新疆石河子：兵團教育學院學報，第十六卷第四期，2006 年 8 月。

8. 張潔，〈蘇軾書信的藝術特徵〉，新疆石河子：兵團教育學院學報，第十六卷第六期，2006 年 12 月。

9. 戚榮金，〈蘇軾黃州書迹的文化記憶〉，黑龍江齊齊哈爾：理論觀察，第四期（總第 70 期），2011 年 8 月。

10. 黃啓方，〈東坡酒量〉，臺北：國文天地，七卷九期，民國 81 年 2 月。

11. 賈興隆，〈心靜習小品〉，浙江杭州：中國鋼筆書法，第五期，2010 年 5 月。

12. 楊子怡，〈從蘇軾嶺海書信看其境其心其行其情〉，樂山師範學院學報，第二十六卷第四期，2011 年 4 月。

13. 楊宗瑩，〈蘇東坡與陳季常友誼探索〉，臺北：國文學報，二十五卷，民國 85 年 6 月。

14. 楊宗瑩，〈蘇軾與文同情誼探索〉，臺北：國文學報，二十七卷，民國 87 年 6 月。

15. 楊勝寬，〈蘇軾書體散文析論〉，四川樂山：樂山師範學院學報，第二十四卷第十期，2009 年 10 月。

16. 葛冠華，〈小議宋代尺牘書法〉，遼寧瀋陽：文化學刊，第二期，2009 年 3 月。

17. 翟國選，〈蘇軾的另一面與我們〉，河南鄭州：新聞愛好者，第二期，1995 年 2 月。

18. 劉昭明，〈蘇東坡在御史臺獄〉，臺北：國文天地，四卷十二期，民國 78 年 5 月。

19. 劉昭明，〈蘇軾與王閏之關係考〉，臺北：國立編譯館館刊，二十四卷一期，民國 84 年 6 月。

20. 蘇淑芬，〈蘇軾與參寥子交游考〉，臺北：國立編譯館館刊，二十四卷一期，民國 84 年 6 月。